人間の条件 上

森村誠一

Morimura Seiichi

幻冬舎

人間の条件　〈上〉

目次

装　幀　多田和博
写真提供　オリオンプレス

不信の構造

1

田沢章一（たざわしょういち）は最近、妻の様子がおかしいのに気がついた。

結婚して四年、夫婦の間にまだ子供はない。夫婦に不妊の原因があるわけではなく、二人の意志でまだ産まないのである。子供は欲しくないこともないが、子供が生まれれば、夫婦二人だけの生活ではなくなってしまう。

一生の間、夫婦が二人だけで向かい合っていられる時間は少ない。二、三年は二人だけで暮らそうということに意見が一致して、ノーキッドの生活が定着したまま四年経（た）ってしまった。

夫婦の間が冷却したわけではない。むしろ夫婦二人の暮らしが快適であったので、子供を産むのが億劫（おっくう）になってしまったのである。

早々と子供を持った友人の家庭を見ると、細君は一ぺんに糠味噌（ぬかみそ）くさくなり、夫はマイホームパパか、あるいは子供に居場所を奪われて仕事の虫となってしまう。

夫婦がたがいをパパ、ママ、あるいはお父さん、お母さんと呼ぶようになると、夫婦の異性感は完全に失われる。そういう夫婦にはなりたくないとおもった。

妻の有里子(ゆりこ)は生来、人目を惹(ひ)く華やかな面立ちである。結婚したとき、仲間から大いに羨(うらや)ましがられた。妻の容色は結婚後四年経過しても、少しも衰えていない。むしろ、女としての成熟を加えて、ますます洗練されてきたようである。

妻と連れ立って外出すると、視線を感じた。男だけではなく、女性の視線も集まった。生来の素質に加えて、化粧や着こなしのセンスがよく、ファッション雑誌のモデルにスカウトされたこともあった。

だが、田沢は衣服を剝(は)ぎ取った彼女の裸身が、もっと素晴らしいことを知っている。それは夫としての優越であった。

子供を産んで、彼女の芸術的な身体(からだ)が崩れていくのを見たくない。田沢は美しい妻を、家庭を共に築き上げていくパートナーとしてよりは、美術品のように鑑賞の対象としていた。

有里子も夫からそのように扱われていることに満足していた。美しい妻が他人(ひと)の注目の的(まと)となり、また夫がそれを誇っている。妻は夫の誇りを嬉(うれ)しくおもっている。満足すべき夫婦関係であった。

だが、その関係が最近、なんとなく据わりが悪くなってきた。どこがどう悪いのか、具体的に指摘できないが、夫ならではの直感で、不安定さがわかるのである。

うまくいっている夫婦には絶妙の微調整作用がある。日常のさりげない会話、言葉を交わさずとも成立している夫婦間のコミュニケーション、なにげない挙措(きょそ)や態度、表情、おたがいの体臭、嗜好物(しこうぶつ)、衣服や化粧、微妙なライフスタイル、これらが絶妙にかみ合っている。少しでも違和感が生ずると、微調整やフェイルセーフが働いて、元へ復する。最近、その微調整がなくなったような気がする。

たがいに仕事を持っているので、外出が多い。田沢は仕事の関係で外泊することもある。有里子も仕事の関係で夜遅くなったり、時には地方へ出張することもあったが、居所は確認されていて、田沢はまったく心配しなかった。

それが最近になって、携帯電話で連絡を取ろうとしても通じなかったり、ほとんど外泊に等しい早朝、帰宅してくることがあった。そんなときはアルコールが入っていた。

有里子はディスプレーデザインという仕事をしている。商業デザインの分野で、各種ショー、デパートの店内装飾やショーウィンドウ、カウンターなどのディスプレー、各種商品の展示、陳列などから、広告塔、ネオンサイン、POP(ポスター、暖簾(のれん)、ハンガーなど購買意欲を決定させる宣伝材料)などを広く手がけている。

有里子は時代を先取りする鋭い感性と、流行をつかむ豊かなアイディアに恵まれ、その分野で引っ張り凧(だこ)の売れっ子であった。

最近は各種博覧会、自動車ショー、ファッションショー、新製品発表会などのディスプレーから、ショーの構成まで中心となって演出するようになっている。現場で徹夜することも少なくない。

妻の仕事は理解しているつもりである。男女の生理の差や、育児や家事にかこつけて、妻の可能性を家庭に閉じ込めるべきではないとおもっている。

女性も能力の分野で、男と対等に勝負すべきであり、現に有里子はそうしている。彼女の仕事は決して男に負けていない。その点も夫として、田沢が誇るところであるが、理解しているはずの妻の仕事が、彼女の離反の口実になってきているようであった。

このような場合、夫は妻に男ができたのではないかと疑うのが相場である。当初、田沢も妻に男の存在を疑った。だが、特定の男のにおいは感じられなかった。

表面上、彼らの夫婦生活はこれまでとなんら変わることはない。田沢が求めれば、有里子は必ず応じた。どんなに夜遅くなっていても、疲れていても、夫の求めに応じるのが妻の義務であるかのように、身体を預けた。

だが、彼女の義務的な姿勢は、以前にはなかったものである。以前は疲れていたり、気が進まなかったりすると、はっきりと拒(こば)んだ。むしろ、その方が夫婦として自然である。

決して拒まない妻に、田沢は彼女が夫に隠している秘密を営み(ベッド)で償っているように感じた。営みの内容が義務的に薄くなっているわけではない。むしろ、行為の内容は濃厚に煮つまっているようである。だが、それも田沢の疑心暗鬼をそそる材料の一つであった。

「きみ、このごろ、決して拒まないね」

「拒まないといけないの」

有里子は意外そうな表情をして問い返した。

「そんなことはない。ぼくは歓迎だが、無理しているんじゃないかとおもってね」

田沢は無理という言葉に、償いという意味を含めたつもりである。

「どうして無理をするのよ。私たち夫婦でしょ。無理なんかしないわよ。私が欲しいのよ」

「それならいいけど、以前は拒んだことがあったのに、このごろは決して拒まないので、ちょっと不思議におもってね」

「不思議でもなんでもないわよ。女の身体なんて変わるものよ。あなたがこういう身体にしたんじゃないの」

有里子は息を呑むように放恣に身体を開いて、田沢を導入した。

夫婦の喧嘩をベッドの上でごまかしたり、解決したりすることは多いが、田沢は疑心暗鬼を閨房でごまかされてしまったような気がした。

有里子ほどの女であるから、男の興味を集めないはずはない。まして、時代の先端を行く華やかな職場である。有名人や芸能人とも接触する機会が多い。若さを充分に留めたまま、艶やかな成熟に達し、知性と優れたセンスを兼ね備えた有里子に隠れた恋人ができても、なんら不思議はない。

だが、田沢は夫の直感で、夫婦の間に生じた違和感は、男が直接の原因ではないとおもった。

男でなければ、なにが有里子を変えたのか。変化とは言えないような変化であるが、たしかに彼女は変わった。変化の原因がわからないだけにいらだたしく、もどかしい。

男による変化でなければ、べつにかまわないではないかと自分に言い聞かせても、これまで砂一粒入り込めないような緊密な和合があっただけに、夫婦の間に違和感を残したままではいられないのである。

美しい妻を持った男のわがままかもしれない。妻が美しければ美しいほど独占したい。どんな部位にも異分子の侵入を許せない。異分子は男だけとは限らない。夫婦の完全な和合を阻むものは、どんなものも許せない。

だが、男以外に、なにが夫婦の和合を阻んでいるのか。特定の男ではないことは確かであるが、少なくとも田沢に対して敵性のものが夫婦の間に入り込んでいる。一種の自衛本能が田沢に、敵性のものが妻に取り憑いていることを告げていた。

夫婦とは、男女の数だけ可能な無数に等しい組み合わせの中で、一対一の関係に限定する異性間の契約である。不倫はこの限定を破る契約違反である。とりあえず不倫をしなければ、明白な契約違反はない。

たとえば、配偶者が同性とホモセクシュアルやレスビアンの関係を結んでも、夫婦の契約違反には当たらないであろう。神前や仏前で誓約した配偶者ただ一人だけを愛するという言葉を厳密に解釈すれば、同性を愛することも契約違反になるであろうが、法律的な不倫ではない。法律では性倒錯の愛は契約違反に含まない。

もともと性倒錯は勘ちがいであって、正常な愛（異性愛）とは見なされないのである。最近、性倒錯者の増加に伴って、倒錯ではなく、性傾向と見なされるようになったが、それも傾向であって、愛という言葉は使用されていない。

だが、倒錯であっても、本人にしてみれば紛（まぎ）れもなく愛である。愛する対象が夫から同性に移ってしまったことは、事実上、不倫と変わりない。

すでに夫婦間の独占は崩れているのである。男に盗まれようと、女に盗まれようと、配偶者を盗まれた事実には変わりない。

夫婦間に入り込んできた異分子（エイリアン）は、性倒錯の同性でもない。田沢がおぼえている違和感は、妻を盗まれている被害意識ではない。妻は盗まれていない。

男女一人ずつが向かい合う夫婦の関係は閉鎖的である。それが妻の一部がオープンになっているような気がしてならない。つまり、夫婦のプライバシーが覗（のぞ）かれているような感じと似ている。これも盗みの一種にはちがいないが、有里子の意志で、田沢の許しを得ずにオープンにしているようである。

たとえるなら、夫婦の寝室を彼女一人の了解によって覗かせているような感じである。夫婦の一方が、そのプライバシーを第三者にオープンにしていれば、やはり夫婦間の独占は崩れる。有里子はなにをオープンにしているのか。

田沢は、念のために我が家の寝室や居間、その他の部屋に盗聴器が仕掛けられていないか、調べてみた。そして、そのような仕掛けがあるはずもないことを知って、苦笑した。

有里子が盗聴器を仕掛けるはずがない。完全な疑心暗鬼に陥（おちい）っている。オープンにしているとすれば、夫婦の共有関係ではなく、有里子一人に関（かか）わるものであろう。

2

「きみ、このごろ、香水を替えたのかい」

寝室で田沢は、かねてからおもっていたことを問うた。

「いいえ、どうして？」

「いや、このごろ、きみの身体からちがうにおいがするような気がするんだ」

田沢がちがうにおいと言ったのは、べつの人間の残り香ではない。彼女自身の身体から発するにおいであった。

ベッドの上で愛し合うとき、これまでとはべつのにおいを発するようになっている。女のにおい、フェロモンのにおいが変わってきているようなのである。

「あなたの鼻のせいではないの」

有里子はべつに虚を衝かれたような表情もせず答えた。

「そうかもしれない。しかし、嫌いなにおいではない」

「いやらしいわね。変わったとすれば、あなたが変えたのよ」

「そうなら嬉しいがね」

「それ、どういう意味？」

「なにかべつの原因があるような気がしてね」

「べつの原因なんか、あるはずないじゃないの」

「そんなにむきになることはないだろう。ぼく以外に、いくらでも原因は考えられるよ。体質や心境の変化、仕事の環境やストレスによっても変わる。天候や季節の影響もあるだろう」

田沢に言われて、有里子ははっとしたようである。彼女の表情が暗に物語った形であった。

やはり妻はなにか隠している。彼女のある部位に、田沢の知らない変化が進行していることを彼は確信した。

大都会の遊牧民

1

棟居弘一良の朝は早い。夏は五時半、冬は六時には目が覚める。前夜、捜査でどんなに遅くなっても、この習慣は変わらない。たまの休日でも、遅くとも六時半にはベッドから出てしまう。

家族が健在であったころは、なぜか朝が眠くて困った。妻や子に蒲団を引き剝がされて、しぶい目をこすりながら、ようやく起き出してくる。だが、一人になってからはほとんど自動的に目が覚めてしまう。平均睡眠時間は五時間を割るであろう。

だが、睡眠時間が短くとも、睡眠不足にはならない。短い分だけ眠りが深くなる。目が覚めると、もはやベッドにしがみついていられない。

起き抜けにトイレに入ってから、水を飲む。朝は血液が濃くなるからなによりも先に水を飲んで血を薄めろ、と勧めた医者の忠告を忠実に守っている。

この簡単な健康法は、棟居の身体によさそうであった。目が覚めただけでは、まだ寝起きの意識がぼんやりしているが、一杯の水を飲むと完全に眠気が除(と)れて、胃袋が目を覚ます。うっかりすると口を濯(ゆす)ぐ前に水を飲んでしまうことがある。ある老練の検事は、寝起きのねばねばした口中を濯がぬまま、不潔な唾液(だえき)と共に蓮根(れんこん)を食べると精が強くなるという珍説を主張していたが、棟居はべつに検事の説に従ったわけではない。

寝起きのぼんやりした意識のまま、つい嗽(うがい)をするのを忘れて水を飲んでしまうのである。飲み込んでしまってから、しまったとおもうのだが、吐き出すわけにはいかない。

顔を洗い、嗽をしながら、窓の外の今日の天気を占う。歩くのが商売の刑事にとって、天気がいいに越したことはないが、それも季節による。

真夏日の晴天はこたえる。また冬の木枯らしは、聞き込みに歩く身体が骨の髄(ずい)まで冷えてしまう。棟居は雨天や曇天の日が嫌いではない。暴風雨や土砂降りは困るが、雨の降りみ降らずみの日は、風景が柔らかく、奥行きが生ずる。凶悪犯を追いかけてささくれだった心身が、雨に潤んだ風景にほっと救われることがある。

刑事の朝には、特に強力(ごうりき)犯担当の捜一（捜査一課）の刑事の朝には、昨日の延長線上にある今日という一日に、なんの期待も感動もない一般サラリーマンの朝とは断じてちがうなにかがある。刑事の朝も昨日の延長線上にあることには変わりないが、たとえば高峰の頂上直下の台地と平凡な台地のようなちがいがある。

台地そのものは一見同じであっても、それを取り巻く環境や風景や危険や空気の密度が異なる。捜一は、少なくとも九時までに会社に出勤して、昨日の仕事のつづきをするという性質の職場ではない。

出勤すれば、即戦場である。たとえ茶を飲み、新聞を読んでも、そこが戦場であることには変わりない。組織の中に適当に潜り込んで、調子よく掛け声だけかけていれば、たちまち犯罪者から返り討ちにされてしまう。

棟居は窓の外の天候と同時に、今日、遭遇するかもしれない事件を占った。事件にかかると、ほとんど家に帰れない。帰宅できるのは、事件にかかっていない事件番（待機組）である。事件番は四日交替で、四日目の午前八時半に明ける。事件番は自宅にいても待機している。

会社（庁舎）へ行っても、事件が発生しない限り仕事はない。ただ、待機しているだけである。お茶を飲み、雑談を交わし、新聞を読んだり、将棋や碁をしながら時間を潰（つぶ）しているのは、一見、窓際で停年を待っているのと変わりないが、事件番の待機室は凄惨（せいさん）な殺しの現場につながっている。

刑事らにとっては、できるだけむごたらしい現場がいい現場であって、なるべくいい事件に当たるように刑事部屋に祀（まつ）られた神棚に御神酒（おみき）をあげて祈る。

いい事件とは、社会的な関心を集める派手な事件で、解決しやすい事件である。

だが、棟居はどんなに現場の数を踏んでも、凄惨な現場をいい現場とはおもえないし、派手な事件がいい事件とは単純に考えられない。刑事としては失格かとおもうのであるが、現場に臨むと、どうしても彼の留守中殺害された妻子と重なってしまうのである。どんなに刑事根性に徹していても、自分の家族が殺害されている現場をいい現場とはおもえない。

現職捜一刑事の家族が自宅で殺害された事件を、マスコミは派手に報道したが、それをいい事件とはとうてい考えられなかった。刑事も人間である。血もあれば、涙もある。自らの骨肉の血で彩られた現場をいい現場とおもうほど、棟居は鬼刑事に徹しきれない。

だが、刑事は自分の家族が危難にさらされていても、まず他人を守り、救わなければならない。家族が救いを求めていても、一番後回しである。それが刑事の職性であり、そういう職業を選んだのだ。そして、この職業のために、棟居はいとしい妻子を失ってしまった。

彼が家族から離れて職務を遂行中、家族は必死に棟居に救いを求めたであろう。その声がいまでも棟居の耳に聞こえるような気がする。だが、棟居は家族の許へ駆けつけてやれなかった。家族は棟居の職業の犠牲になったとも言えよう。

棟居の上司の那須警部は、かつて那須班が担当した事件で、上層部から圧力をかけられて捜査中止に追い込まれかけたとき、一身をかけて上層部に抵抗して捜査を続行した。そのとき那須は、警察官の本質は正義感と使命感に生きるロマンティシズムだと言った。

使命感がなければ、だれがこんな危険の多い、服務規程にがんじがらめにされた、人間らしい自由と寛ぎのない仕事に身を挺するものか。警察官としての使命感の前に、自分の人間としての使命感、つまり、自分の正義を信じている。自分の家族を犠牲にしても、まず他人を救わなければならない。
殉職した仲間はみなそうであった。自分らもいつそうするかもしれないし、その覚悟がある。使命感がなければ、だれが、縁もゆかりもない他人のために自分の身体を投げ出せるものか。

那須は、警察官の原点は、この正義感と使命感にあると言って、上層部が中止を命じてきた捜査をあえて続行した。このときの彼の言葉は、棟居の刑事生活の根幹となっている。そういう職業を選んだことを誇りにおもっている。

だが、家族には夫や父親の正義感や使命感を強制することはできない。そして、棟居の家族は彼の使命感の犠牲になったのである。

棟居は刑事の言ういい現場や、いい事件に出会うつど、妻子の犠牲を踏まえた現場のような気がしてならない。そして、怒りを新たにして犯人に立ち向かっていくのである。

「捜査に私情を交えてはいけないよ」

と老練の那須は、棟居の胸の内を測って、やんわりと諭(さと)すように言った。

だが、その刑事たちも、仲間を殺されたときはいきり立って犯人を追う。刑事から、いや、棟居から私情を除(と)ったらロボコップになってしまうのではないのか。

窓から外を見た棟居は、今日の天気はどうやら安定しているようだと占った。洗面した棟居は、新しい水を部屋の隅の小さな仏壇に供え、灯明（とうみょう）を上げて、妻子の位牌（いはい）の前に手を合わせた。そして、仏前でただ一人の侘（わび）しい朝食を摂（と）る。

侘しいが、朝食はしっかりと摂る。刑事は事件にかかれば、いつ食事を摂れるかわからない。摂ったところで、ろくなものは食えない。自宅の朝食だけが自分で按配（あんばい）でき、信頼できる食事となる。

今朝はレトルトのお粥（かゆ）に、知人からもらったスッポンのスープを加え、卵を落とした。これにミカンとヨーグルト。コーヒーが飲みたいが、ストレートを淹（い）れるのが面倒なのでやめておく。インスタントは飲まない。

仏前には、彼の朝食と同じものを供える。そして灯明を消せば、出勤準備完了である。どんなに時間がないときでも、バナナとヨーグルトは胃の腑（ふ）に入れる。

「じゃあ、行ってくるよ」

棟居は位牌に告げると、家を出た。

まだラッシュアワーにはかかっていない。電車の中のスペースに余裕はあるが、空席はない。空席があっても、棟居は腰をおろさない。べつにツッパっているわけではなく、車窓から外を見るのが好きだからである。腰をおろしては窓の外を見られない。

腰をおろしている乗客は、少し陽（ひ）が射（さ）し込むとブラインドを下ろしてしまう。毎朝、見慣れた風景でも、窓にブラインドが下りていると、乗客のストレスは高まるそうである。棟居は陽の射し込まない側の窓を向いて立ち、外の景色を眺めている。毎朝、馴染（なじ）んだ風景でも四季折々、また時間帯によっても車窓の景色は変わる。

不眠都市東京も朝の早い時間帯は、まだその巨体を完全に駆動していない。朝もやに烟（けむ）った沿線には、早朝ジョガーや、犬を散歩に連れ出した人たちが、走ったり歩いたりしている。のんびり見えるが、彼らも間もなく出勤するのであろうか。

一見、平和な朝もやの奥にも死体が転がっており、いつ一一〇番に通報が入電してくるかわからない。朝もやの奥に死体を描いている棟居の目は、やはり刑事の目であった。出勤前に連絡が入って、自宅から現場へ直行することも多い。

車内の乗客で、席にありついた者はみな眠っている。まだ朝が始まったばかりというのに、ひたすら睡眠不足を回復しようとしているかのように眠っている。立っている人間も、吊（つ）り革にすがって半分眠っている。読書している者はほとんど見当たらず、ごく少数が新聞を開いている。

棟居は朝食時、ざっと社会面の見出しに目を通すだけで、車内に新聞は持ち込まない。新聞に事件が報道されているときは、棟居はすでに現場に行っているはずである。

人間砂漠のような東京では、連日のように凶悪事件が発生する。変死、殺人（コロシ）、強盗（タタキ）、放火（アカネコ）、喧嘩（ゴロ）、強姦（ツッコミ）、輪姦（ワッカ）、婦女切り、剽盗（バンザイ）（路上強盗）、おびき出し（被害者を口実を設けて誘い出し強奪する）などが踵（きびす）を接して発生する。殺人班の扱う事件はすべてナマモノ（なまの現場にあるなまの死体）である。

都会は本来、人間が信頼し合い、助け合うために集まったところである。それが人間があまりに多く集まりすぎて、ぶつかり合い、殺し合うようになった。事件にかかっていると、つくづく人間というものの愚かさや哀れさを実感する。

人が集まるのは、生きていくのに必要なものや環境を、一人で賄（まかな）いきれないので他人の協力を求めるためである。大勢集まれば集まっただけ、一定のルールが必要になる。ルールがあって、人間集団としての社会が成立する。

だが、大勢集まれば、必ずルールを破る者が出てくる。一人では生きられない人間が、社会のルールを破るのは自己否定であるが、ルールの違反者はあとを絶たない。こうして、人が最も機能的、合理的に協力し合うべきはずの大都会が、犯罪の巣となった。

これを放置すれば、社会は成り立たない。棟居らは正義の実現と、その維持のために身を挺しているというよりは、人間の愚かさと戦っているような気がする。

2

出庁しても、まだ大部屋は閑散としていた。どうやら棟居らを呼ぶ事件はまだ発生していないようである。

年によって異同はあるが、東京都における身元不明死体は一年間に約二百体。全国で一年間に約八万人が家出する。このうちには殺人事件の被害者となって、死体を永久に隠されてしまった者もいるであろう。

一一〇番に通報される死体発見は氷山の一角である。殺され、死体を隠され、捜査すらされずに土中や海底で朽ちていった無念の被害者も少なくないであろう。

凶悪事件が踵を接して発生するといっても、殺人事件が毎日発生するわけではない。殺人狂時代と言われた昭和四十一年は、一年間に二十九件の特別捜査本部が警視庁管内に設置された。いまは都内で毎月一、二件の殺人事件が発生するが、それだけ犯人が巧妙になって、隠匿された死体が多いと見られている。

今朝の束の間の平穏は、そのような被害者の無念を踏まえてあるのかもしれない。

旧庁舎では、小部屋に分かれていた刑事部屋が、新庁舎の六階に設けられ、風通しをよくするためか大部屋になった。新庁舎六階にある捜査一課の大部屋に入ると、那須の言うロマンティシズムは一片も感じられない。そこは前夜の刑事たちの疲労と体臭が、ニコチンの残臭と共に床にどんよりと澱んでいるような荒涼たる空間である。

殉職した那須班の横渡は、この部屋を砂漠の吹き溜まりと評した。東京砂漠の砂が吹き溜まったような場所だと言ったのである。

捜査一課の前身は明治九年十二月二十八日、「第三局第一課」として発足し、大正十年六月三日、「刑事部捜査課」となり、昭和四年七月二十六日、「刑事部捜査第一課」と改称され今日に至っている。

A型の旧庁舎から瀟洒(しょうしゃ)な新庁舎六階に捜査一課の大部屋が設けられてから、だれ言うとなく、この大部屋の住人を遊牧民と呼ぶようになった。

人間砂漠のような東京で事件を追い、犯人を狩って常に移動しているところから、遊牧民と名づけられたのであろう。捜査一課は人間砂漠の凶悪犯を追う遊牧集団の本拠である。

捜査一課は六階、東南フロアのほぼ半分を占めている。同じフロアに刑事部長、刑事総務課、捜査第四課の部屋がある。

エレベーターから降りて捜査一課と書かれたドアを入る。運転担当控室と、神棚が設けられた宿直室と、火災犯資料室の間を通って大部屋へ出る。一番左手に一課長室があり、課長室に隣接した区画に、特殊犯捜査係と強行犯捜査第一係から十係の机が並んでいる。

一係は捜査には直接携わらないが、捜査員の出張手配、捜査費用の支出など庶務を担当し、捜査一課を賄う勝手元のような、なくてはならない存在である。

さらに一係の重要な任務として、事件が発生して所轄(しょかつ)署から捜査一課に出動要請があった場合、まず一係の管理官が現場に出向いて、捜査一課が取り扱う事件か否か認定する。

課長室と一係の間に設けられたソファーが、記者クラブの溜まり場である。ここに新聞記者が常時屯(たむろ)して、事件の発生や捜査の動向を探っている。だが、この早い時間には、まだ記者の影は見えない。

一係とロッカーで仕切られた隣が殺人班の大部屋で、二係から十係まで約百畳敷きのフロアに、全係員の机が並んでいる。これがいわゆる大部屋で、遊牧集団の本拠地である。

各係は、係長（警部）一人、主任（警部補）二人、部長刑事（巡査部長）一人、刑事（巡査長、巡査）八ないし九人、計十二ないし十三人で編成されている。

このうち二係は、未解決事件の継続捜査や、行方不明者、犯罪に巻き込まれた特異家出人（失踪者(しっそう)）を内偵するチームで、人知れず埋められた死体を探す仕事をもじって、穴掘り(ネギリ)の異名を取っている。地味ではあるが、地道な内偵捜査によって発掘された事件は、社会的な反響が大きい。

同じフロアには火災犯捜査係、誘拐、ハイジャック、人質立てこもり事件などを扱う特殊犯捜査係の部屋が置かれている。

捜査一課長に次ぐナンバーツーは、理事官（警視）と呼ばれる捜査一課の参謀であり、刑事畑を歩いてきた辣腕(らつわん)のベテランが課長を補佐して、捜査を総括指揮する。その下に各係の捜査責任者、管理官（これも警視）がいる。その個室はなく、窓側の各机を見渡せる位置にやや大きな机が置かれている。

時間が早いせいだけではなく、現在、十係は練馬区内で発生したホステス殺害事件を解決して、束の間の休暇中であり、他の各係はそれぞれ事件にかかって、捜査本部が置かれた所轄署に遊牧中（出張）である。棟居が所属する三係那須班だけが在庁である。

この大部屋が閑散としているときは、各係は事件を追って、東京砂漠を遊牧中というわけである。

間もなく那須班の下田が姿を見せ、つづいて草場、河西が現われた。草場の長い顔は、寝不足でなくともいつも眠そうに見える。河西は相変わらず几帳面に背広の下のボタンまでかけていて、三係の床に落ちているゴミを拾い集めた。下田が頼まれもしないのに茶を淹れて運んで来た。

「そろそろ身体に黴が生えそうだな」

草場が大あくびをして、下田が運んで来た茶を一喫すると、神棚の方角に向かって手を叩いた。在庁三日、明日で在庁が明けるが、事件がなければ万年在庁になりかねない。全係が遊牧中だと、事件番が四日経っても明けることなく、万年在庁になってしまう。この草場は那須班の古強者で、在庁がつづくと、その顔がますます長くなるようである。

つづいて辻、山路が現われた。辻は手にパンの包みを抱えている。彼が買って来たパンやドーナツに、先着していた連中が遠慮会釈もなく手を出した。那須班の憎まれ役というよりは、捜査一課の悪役山路は、メロンパンをくわえながら、

「おれはどうも、このメロンパンというやつが好きになれない。どこが一体、メロンなんだね。あんパンやクリームパンのようにあんこもクリームも入っていないし、フランスパンや

ドーナツのような個性もない。一体、だれがこんなパンを発明したのかな」

と言った。

「山路さん。だったら、ほかのパンを食いなさいよ」

下田が言うと、

「おれが食わなければ、だれがメロンパンを食うんだ。おれはおまえさんたちにうまいパンを食わせるために、率先してメロンパンを食っているんだぞ」

「けっこううまそうに食っているじゃありませんか」

河西がドーナツをかじりながら揶揄した。

「べつにメロンパンがまずいとは言っておらん。個性がないと言っているんだ。干上がった沼の底のような乾いた上皮に砂糖がまぶしてあって、最初の歯触りは悪くない。そいつに騙されて噛んでいると、鳥黐のように歯の間にくっつく。嗽をしたくらいでは離れない。個性がないくせにしつこいんだな、この野郎は」

「それだけ個性があれば、充分じゃありませんか」

辻がにやにやしながら合いの手を入れた。

「フランスパンやドーナツに比べて個性がない。辻君、今度はメロンパンは買うな」

「メロンパンのかわりになにを買いますか」

辻に問い返されて、山路は詰まった。

メロンパンをけなしながらも、一同は山路がそれが一番好きなことを知っている。

「下田ちゃん、おれはいま、お茶が怖い。もう一杯、茶をくれ」

山路は辻の問いに答えず、下田に言った。

パンがたちまち一同の胃の腑に消えたとき、那須が現われた。

八時三十分には、那須班のメンバーが全員顔を揃える。これが事件に取りかかれば、所轄署に設けられた捜査本部へ出張る。遊牧民の本領は、この砂漠の吹き溜まりに屯しているときよりも、事件の現場、捜査本部に遊牧中に発揮される。

草場が在庁番に黴が生えるとかこつのは、遊牧民が定位置に屯しているからである。

偶像化された追憶

1

片倉宏(かたくらひろし)は見合いパーティで会った女性が忘れられなくなった。都内のホテルで開かれた結婚相談所主催のパーティにおそるおそる出席して、一目で彼女に魅(み)せられてしまった。

彼女を初めて見た瞬間、片倉の目には、彼女がオーラに包まれているように見えた。彫りの深い華やかなマスクを、センスのよいスーツと知性で目立たぬように抑えているが、かえって存在感を増している。

パーティ出席者(メンバー)は約五十名、男の方がやや多い。最初、男女別に席に座り、司会者の誘導によって、初顔合わせの挨拶(あいさつ)を交わす。すでに参加者リストは各参加者に配布されている。自己紹介中、参加者は顔とデータを照らし合わせて目星をつけておく。自己紹介の後、参加者が自由に交流する立食パーティに入った。

彼女の周りには、たちまち見合いずれした男たちが群がった。彼女は話しかけてくる男性参加者ににこやかに応(こた)えている。この間、片倉にはまったく出る幕はない。

最近の男の結婚難を反映して、男の方が焦っている。だが、パーティ慣れした男性メンバーは、悠々とグラスを口に運びながら、プレイ感覚で女性メンバーの品定めをしている。

彼らは目ぼしい女性に群がった第一波が間もなく退くことを知っている。第一波が去った後、慣れたメンバーが出て行く。第二波のとき、カップリングが成功するチャンスが多いことも知っている。

第二波が去っても、第三波が彼女を囲んだ。片倉の出る幕はまったくなかった。

だが、奇跡が起きた。男性メンバーの波状攻撃を掻い潜った彼女が、片倉の方へ歩み寄って来て、

「片倉宏さんですわね。私、仁科里美と申します」

と声をかけてきた。

「はっ、はい。は、は、初めまして」

片倉はうろたえて、不覚にも言葉がもつれた。まさか彼女の方から話しかけてくるとは、夢にもおもっていなかった。

結婚情報誌に掲載されていたプロフィールによると、仁科里美は二十六歳、都内の有名私立女子大学卒業後、翻訳の仕事に携わっている。趣味は旅行、読書、音楽。血液型AB型。両親は健在で、兄一人、妹一人ということである。

プロフィールは概略的で、見合い用に粉飾されていることが多いので鵜呑みにはできない

が、本人を直接見て、逆の意味でプロフィール（写真や身体の特徴）が当てにならないことを実感した。

二人は初対面で意気投合した。その後、他のメンバーは二人の間に入り込む余地がなかった。片倉はそのとき、仁科里美とどんな話をしたのかよくおぼえていない。とにかく、また会おうと約束したことだけはおぼえている。

片倉はある大手化学会社の公害防止主任管理者である。会社の主力製品は、工業薬品や化成品が占めているため、有毒な産業廃棄物を排出する公害企業と見られている。

近年、大気や水の汚染、騒音、振動などによる環境衛生の悪化がグローバルレベルの問題とされ、公害企業がそのやり玉に挙げられた。

公害企業と見なされた会社は、まず企業利益の前に、公害対策に万全の措置を講じなければならない。そのために、利益が公害防止費用に圧迫される。

社会の悪役になった感のある公害企業の中で、公害防止主任管理者は一見、花形のようであるが、製品の研究・開発には携わらず、むしろ営業利益の足を引っ張る部署として、最も地味な存在である。

片倉は水質関係第三種と大気関係第四種の資格を取って、もっぱら大気汚染と水質汚濁の調査を担当している。時代の最先端をいく専門職で、次長クラスの待遇を受けているが、女性にはまったく縁のない仕事である。

大気と水の汚染にばかり注意を向けている間に、三十六歳になってしまった。大学の同期はほとんど結婚して、すでに子供が二、三人もいたりする。人生のほぼ折り返し点に達して、片倉はにわかに慌てた。

三十六歳にもなって、いまだに独身、恋人どころか、女っ気はまったくない。結婚はしたいとおもっていたが、女性と知り合う機会がまったくなかった。

悪友に誘われて、ソープランドで女体の洗礼を受けたが、女性を品物のように買うことに、砂を噛むような味気なさが先立った。以後、女性に接したことはない。

「あんたもそろそろ年貢の納め時だぞ。三十代後半は最後のチャンスだ。四十代に入ると再婚の世界だよ」

四十代になって再婚した友人が忠告してくれた。

もっとも彼は二十代に結婚して、バツイチであるから、片倉の結婚問題とは同列に論じられない。

「だったら、よい女性を紹介してくれよ」

と片倉が言うと、

「ぼくの周りの女性は、バツイチかバツニばかりだからね、あんたに推薦できるような女性はいないよ。結婚相談所へ行くといい。意外にいいのが揃っているというぜ」

と友人はおしえてくれた。

友人の言葉にヒントを得て、結婚情報誌を買い求め、そのメンバーになった。そして、その情報誌主催の見合いパーティに初めて出席し、仁科里美に出会ったのである。

里美は片倉に興味を持ってくれたようである。

「公害防止主任管理者なんて、とてもアップ・トゥ・デートなお仕事ですわ。私には、ファッショナブルに聞こえますわ」

「えっ、公害防止主任管理者がファッショナブルですか。たしかに現代の専門職ではありますが、地味な仕事ですよ」

「地味なようでいて、派手ですわ。地味派手ね。大気の汚染や、水質の汚濁を監視するなんて、人間の生命ラインを握っているのと同じですわ」

「でも、ファッショナブルではありませんよ」

「最先端はファッショナブルです。最先端が流行(ファッション)をつくりますわ」

片倉は自分の仕事をファッショナブルと言われて面食らったが、悪い気はしなかった。そんなことを言ってくれた者は、仁科里美が初めてである。

だが、ヘドロや動物の死骸(しがい)が浮かんでいる水質の調査をしたり、毒ガスまがいの煤煙(ばいえん)の監視をしたりする片倉の仕事の実態を彼女が知ったら、離れて行ってしまうかもしれない。

彼女は最先端と褒(ほ)めてくれたが、要するに、あまり聞き慣れない職業に好奇心をかき立てられたのであろう。

2

ともあれ、第一回の見合いパーティで、片倉は里美とのカップリングに成功した。その後、何度か里美とデートをして、ますます彼女が好きになった。

デートを重ねるにつれて、ますますいい雰囲気になったが、彼女との十歳の年齢差が、片倉にプロポーズをためらわせた。

友人が言ったように、そろそろ再婚の世界に手が届く年齢で、二十六歳の才色兼備の里美にプロポーズするのが、いかにも厚かましいようにおもえた。

それに里美の態度も曖昧（あいまい）である。デートをして、共に食事をしたり、コンサートへ行ったりはするが、それ以上、進展しない。里美はその程度のデートで満足しているらしい。

結婚相談所の見合いパーティで出会ったのであるから、プロポーズをためらうことはないと自分を励ますのであるが、それをすると、せっかくのよい雰囲気を損なうような不安があった。

里美が片倉に個人的な興味を持っていることは確かである。だが、それ以上には踏み込んで来ない。彼女自身も身辺にこちらが踏み込めないような雰囲気を漂わせている。

片倉がプロポーズしそうな気配を察知すると、逸速（いちはや）く、するりと躱（かわ）してしまう。あるいは彼女も遊び感覚でパーティに参加し、片倉を恰好のプレイパートナーとして選んだのかもしれない。

プレイパートナーであれなんであれ、多くのライバルを押し退けて、彼女のお眼鏡に適ったのは嬉しいことである。

片倉が一度、どんな作品を翻訳しているのかと問うと、

「まだ、私の名前では翻訳できないの。著名な翻訳者の下訳をしているのよ」

と里美は恥ずかしそうに言った。

「下訳でもいいから、あなたが訳した本を読みたいな」

「とてもお目にかけられるようなしろものではありません。それより、あなたのことを聞かせて」

と里美は話題を逸らした。

下訳であれば、著名な翻訳者が仕上げをしているであろうから、読まれてもべつにさし支えはないはずであるが、どうやら彼女は自分の仕事について、あまり触れられたくない様子であった。

片倉は里美と何度かデートをしたが、二人の間は一向に進展しなかった。デートの連絡も、彼女からの一方的なものである。彼女は携帯電話は持っていないと言った。連絡先に電話をしても、いつも不在で、メッセージを残せというテープのアナウンスが流れるだけである。

女性との交際に慣れていない片倉も、ようやくおかしいとおもうようになった。彼女はなにか秘密を抱えている。その疑惑が里美の身辺にミステリアスな陰翳（いんえい）を刻んで、一層魅力的に映った。

だが同時に、片倉の焦燥が募（つの）った。いかに経験不足であっても、女性とただ食事をしたり、映画を観たりして楽しんでいられる年齢ではない。そもそもの出会いが結婚を前提としての見合いパーティであった。

片倉は意を決してプロポーズした。彼女は一瞬、あえいだように見えた。

「あなたと結婚したいとおもっています。これまで何度かお会いして、私という人間をほぼわかってくださったとおもいます。イエスかノーか、返事を聞かせていただけませんか」

片倉はかねて用意していた台詞（せりふ）を、一気に喉（のど）から押し出した。

「ごめんなさい」

里美は少しかすれた声で言った。

「なにを謝るんですか」

「私、私、プロポーズをお受けすることができません」

「どうしてですか。ぼくのことが嫌いなのですか」

「好きです。大好きです。ですから、こうして何度もお会いしました」

「それなのに、どうしてぼくのプロポーズが受けられないのですか。ぼくたちはお見合いパーティで会ったのですよ。若い人たちがよくやるように、街でナンパをしたわけではない」

「よくわかっています。あなたにお会いするのが楽しくて、私たちが出会った本来の目的を忘れてしまいました。いいえ、忘れたわけではありません。本当にあなたにお会いしたかったのです」

「だったら、なぜ……」

「ごめんなさい。私、片倉さんに謝らなければならないことがあります」

「謝らなければならないこととはなんですか」

片倉は、それが里美の秘密に関わるものであろうとおもった。いまは彼女の秘密を避けて通るわけにはいかない。

「許してください。私、結婚しているんです」

「結婚！　結婚していて、どうして見合いパーティに参加したのですか」

「ちょっと訳がありまして……」

「いまのご主人と離婚するつもりで再婚の相手を探していたのですか」

それならば、多少の間隔をおけば片倉のプロポーズを受けられるはずである。

「主人と離婚するつもりはありません」

「では、なぜパーティに参加したのですか」

「ごめんなさい。結婚相談所に頼まれたのです」

「頼まれた？」

「女性メンバーが少ないと、男性メンバーが集まらなくなります。それで、相談所から頼まれて、特別にパーティに出席したのです」

「つまり、サクラということですか」

「許してください。でも、片倉さんのことは本当に好きでした。あなたとお会いしていると、とても心が安らぐのです」

「これまでにもサクラのメンバーとして、パーティに出席したことがあるのですか」

「何度か。でも、パーティの後、このようにお会いしたのは片倉さんだけです」

「要するに、私はあなたの遊び相手にされたということですか」

「どうか、そのように取らないでください。いまにして、パーティで声をかけるべきではなかったと反省しています。いえ、声をかけても、その後、お会いすべきではなかったのです。でも、あなたと会っていると、とても楽しくて、これを最後にしようとおもいながらも、つい何度もお会いしてしまいました。なんと言われようと、返す言葉もありませんが、片倉さんにお会いしたかったということは本当です。今日を最後にします。相談所から頼まれても、もうパーティには出席しません。片倉さんには本当に申し訳ないことをいたしました。ごめんなさい」

　里美は深々と頭を下げた。

「ひとつおしえてください。もし、あなたが結婚していなければ、ぼくのプロポーズを受けてくれましたか」

「喜んでお受けしていました。あなたにもっと早くお会いしていればよかったとおもいます」

「その言葉を信じてよろしいですか」

「信じてください」

片倉は人目を憚(はばか)らず、おもわず里美を抱き寄せた。里美も拒まない。唇を求めると、軽い逡巡(しゅんじゅん)の後、許した。芳(かぐわ)しく柔らかい里美の唇の感触を、生涯の宝として記憶に刻み込んだ。

それ以後、仁科里美に会っていないが、彼女への思慕は弥増(いやま)すばかりであった。

三十六歳、社会の中堅として働き盛りの男が、里美とのただ一度のキスの記憶を、生涯の宝として抱いて忘れかねている。忘れかねているというよりは、彼女の追憶を偶像化して、心の奥に祀っていた。

雑色の街

1

新宿署刑事課捜一係、牛尾正直の朝は、仏壇に灯明を上げることから始まる。仏壇には二柱の位牌が安置されている。一柱は息子の慎一、もう一柱は立科由里のものである。慎一が死んで、もう何年にもなる。

慎一は、お父さんのように社会悪を追いかける仕事よりも、それを防止するような仕事をしたいと言っていた。その息子を旅先で行きずりの悪魔に殺害された。

死児の年齢を数えても仕方がないが、息子が死んだときと同年輩の若者を見て、ふと、いま生きていればどんな人間になっているか、とおもうことがある。

息子を失い、ふたたび夫婦二人の寂しい家庭になってしまった。牛尾が事件にかかって家に帰れないとき、妻の澄枝は何日も夫の帰りを待って、一人で寂しい夜を過ごさなければならない。

慎一は、「警察官の使命は社会悪と戦い、市民を守ることだろう。結局は、市民の幸福を守るために戦っているんだけれど、親父の姿を見ていると、その中に家族の幸福は含まれていないように見える。だからこそ、警察官の仕事は尊いんだけど、母さんを見ていると、やはり可哀想だ。人並みの家族の団欒なんて持ったことがない。人間の幸せのために働くのは素晴らしいけれど、自分はせめて家族の幸せを後回しにしないでもいい仕事をしたい」と言っていた。

一度だけ、日曜日に親子三人でファミリーレストランへ行ったことがあった。後にも先にもたった一度だけだった。それがよほど楽しかったと見えて、そういう楽しさを提供する仕事をしたいと、慎一は外食産業を志望した。

一般家庭であれば容易に持てる団欒を、たった一度だけしか家族に味わわせてやれなかったことを、牛尾は痛切に悔いている。もちろんそれは牛尾だけの責任ではない。妻の身体の調子が悪くなったり、慎一の試験日と牛尾の休日が重なったりした。

だが、刑事の家庭はいずれも似たり寄ったりである。慎一の就職の志望動機をおもいだすつど、牛尾は彼の心根がいじらしく、刑事という職業と家族の幸せについて考えさせられてしまう。

生きていれば、もう店長ぐらいになっているかもしれない。牛尾はいつの間にか死児の齢を数えている自分に気づいて、慌てて首を振った。

立科由里は歌手を志望して、地方から上京して来た。チンピラに絡まれていた場面に牛尾が行き合わせて救ってやり、二晩、息子の部屋に泊めてやった。

慎一の部屋に二夜泊まった由里は、その後、オーディションに合格して、ヒットチャートを駆け上った。プロダクションがレコード会社とテレビ局とジョイントして電波に乗せまくり、由里はその年のレコード大賞新人賞にノミネートされ、紅白への出場が決まった。十八歳の無名の少女がミリオンセラーを連発して、あっという間にスターダムにのし上がった。

だが、紅白出場直前に、由里は声帯にポリープができて、声が出なくなった。そして、三年後、新宿中央公園に無残な骸を横たえたのである。

夢を達成する前に、凶悪な犯罪の被害者になって、若い命を散らしてしまった。牛尾は彼女を東京の危険から守ってやれなかった責任を感じている。

事件は牛尾らの捜査によって解決したが、牛尾は東京が彼女を殺したような気がした。事件解決後、遺族に断って、彼女の位牌を慎一の位牌と並べて仏壇に祀った。

灯明を上げ、新しい水を供えると、すでに妻が朝食の用意を整えている。刑事はいったん家を出たら、いつ帰って来られるかわからない。

タクシーは客の行き先次第で、どこへ引っ張られるかわからない極楽とんぼであるが、牛尾は事件次第の地獄とんぼと自嘲している。事件にかかれば食事も満足に摂れなくなる。したがって、家を出る前にしっかりと食べておく。

牛尾の朝食は、朝食とは言えないほど豪勢である。玄米粥に、人参、じゃが芋、玉葱をたっぷり入れた九州の甘い味噌仕立ての味噌汁、目玉焼き一個、グレープフルーツジュースをグラス一杯、これでほぼ満腹になるが、パンも好きなので、気泡がたくさんあいたフランスパンにマーガリンをたっぷりつけ、ストレートのコーヒー一杯を付け加える。

本当はナチュラルバターをつけたいところであるが、年齢を考えて我慢する。ヘルシーであり、栄養のバランスもよい。朝食がこれであるから、無事に帰宅できた夜の夕食は凄い。澄枝は午後のほとんどの時間を費やして、牛尾の好きな料理を作る。牛尾が帰れそうもない夜も、澄枝は心尽くしの手料理を揃えて待っている。おおかたは無駄になると知りながらも、作らずにはいられないのである。

だが、あながち無駄になるわけではない。捜査本部に泊まり込んで、牛尾が食べ損なった料理は、慎一と立科由里の仏前に供えられる。

事件に呼び出されなければ、牛尾は午前七時ごろ家を出る。妻が玄関口で切り火を打って見送る。いまどき、こんな古風な送り方は絶えてしまったが、妻は依然として古来の習慣を守っている。

私鉄に乗って、八時少し過ぎには署へ着く。一時間以上の通勤が常識になっている東京では、恵まれた通勤距離である。

事件が発生して、捜査員は連日、捜査本部に泊まり込みになっても、牛尾は下着を替えに帰って来られる。それでも事件が激しく動いているときは、澄枝が洗濯物の交換に来る。

牛尾の職場の新宿署は定員六百名、常数（常時勤務）署員五百八十名前後の大所帯である。署長の下、警務課、会計課、警備課、刑事課、生活安全課、交通課、地域課の七課がある。このうち婦人警察官は三十名前後、警務、会計の一般職員が三十名前後、制服警察官は三百名弱で、署内の最大人数を占めている。

日本最大、世界でも有数の不夜街・歌舞伎町を管轄内に抱えているだけに、新宿署は警視庁百一署のうち、最も事件が多い。牛尾は総監賞や刑事部長賞は数えきれないほどもらっている。

まだ一般サラリーマンの出勤時間には早いが、新宿は完全に目覚めている。もともと不眠の街であるが、前夜からの不眠不休組に交替して、郊外から働き蜂が集まって来ている。

雑色の街・新宿を反映して、新宿の朝は雑然とした活気に包まれている。西口超高層ビルに出勤するエリートサラリーマンから、朝食を探してテリトリーの徘徊を始めるホームレスまで、新宿の朝には人間の日々の営みが多様に織り込まれている。

夜間、本領を発揮した東口の歌舞伎町界隈が、束の間、いぎたなく休眠しているかたわらで、がらんどうであった西口超高層ビル群に働き蜂が戻って来て、朝陽の中に、異形のビル群がますます高く立ち上がるように見える。東西口の活気のコントラストが鮮やかなのも、新宿の特徴である。

新宿署は、このビル群の谷間にある。玄関を入ると、左手に一般受付、その背後は警備課と警務課である。一一〇番からの通報、署活系（署と署員の通信）の通信指令台もここに置かれている。

右手の受付は交通課の窓口。玄関ホールの正面壁面には、署内のクラブ活動、書道、俳句、絵などの作品が展示されている。これが新宿署内の芸術空間「新宿ギャラリー」である。

ギャラリーを左手に見て階段を上れば、二階、三階が刑事課である。留置場も同じフロアにある。キャパシティ、男約百名、女十数名、空いていることはまずない。

牛尾が刑事課の部屋へ入って行くと、昨夜宿直だった青柳（あおやぎ）以下数人が、口をもごもごさせながら、インスタントのコーヒーを飲んでいた。

「牛（モー）さん、おはようございます。相変わらず早いですね」

と青柳が挨拶した。

「おれが早いんじゃないよ。あんたが遅いんだろう」

牛尾が揶揄するように言った。

「そうかな」

青柳は少し慌てて、腕時計を覗いた。

所轄署は本庁に比べて家庭的な雰囲気がある。この雰囲気が好きで、せっかく本庁の捜査一課から呼ばれても、行きたがらない刑事も少なくない。牛尾もその一人である。

当直の夜は、事件が打ち止めとなれば、当直の者が寄り集まって夕食を摂る。だが、たいてい当直室に敷いた蒲団は使われることなく、朝を迎えることが多い。

「昨夜はどうだった」

妻が淹(い)れてくれたうまいコーヒーを飲んで来た牛尾は、あまり飲みたくなかったが、せっかく青柳が差し出してくれたインスタントのコーヒーを一口、口に含んで尋ねた。

「歌舞伎町でひったくりと喧嘩(ゴロ)、西口の飲食店街で、酔って器物損壊(ワレモノ)、そんなところで打ち止めでした。おかげで、敷いた蒲団を無駄にしなくてすみましたよ」

青柳は爽(さわ)やかな顔をして笑った。宿直にしては充分に仮眠を取った顔である。

管内に歌舞伎町を抱えているだけに、宿直はほとんど席の暖まる暇(いとま)もない。青柳の爽やかな顔は、珍しく管内が平穏無事であったことを示している。

所轄署の宿直は、係に関わりなく、事件が発生すればなんでも扱う。宿直は救急病院の宿直医が専門外の急患や怪我(けが)人の応急手当てを施して、朝、専門医に引き継ぐように、なんでもこなす。殺人係だから泥棒は扱わないなどとは言っていられない。

「昨夜の喧嘩(ゴロ)は面白かったですね」

青柳が言った。

「どう面白かったのかね」

「ヤクザと素人(カタギ)がコマ劇の裏で喧嘩(ゴロ)を巻いていると通報(ラジオ)が入って、駆けつけると、五、六人が路上にのされている。てっきり素人がやられたとおもって事情を聴くと、のされていたのはみんなヤクザで、加害者が素人でした。ガンツケしたのしないので、ヤクザが因縁をつけた素人が空手の達人だったんですね。ヤクザが一一〇番して警察に救いを求めたなんて、前代未聞です。しかし、ヤクザの面目がかかっているので、空手の先生に治療費を支払わせることで示談にしました」

ヤクザが素人に叩きのめされて引き下がったとあっては、ヤクザの看板を下ろさなければならなくなる。しかし、警察が間に入って、ヤクザの仕返しを許したら、警察の信頼が失墜する。警察の調停で和解した後、報復すれば、今度は警察が黙ってはいない。

「ヤクザも相手が悪かったね」

牛尾も、その場面を想像しておかしくなった。

こういう事件は新宿署でもないと発生しない。

警察署にもランクがあって、麹町や丸の内がAランクである。呼び名も第一方面。この署長を務めることは出世のパスポートを手に入れたようなものである。

新宿は第四方面。新宿や池袋は仕事はできるが、気性が激しく、昇進しそうもない者がまわされるという。昔気質の刑事は、犯人を追いかけている間に、出世や昇進を忘れてしまう。そんなことを考えていたら犯人を捕まえられない。

刑事にとっては、署のランクは出世の度合いではなく、事件によって決まる。すなわち、事件が多発する繁華街を抱えている署が格が上ということになる。日本最大の盛り場・歌舞伎町を管内に擁する新宿署員の誇りは高い。

2

八時三十分、全署員が出揃う。夜間に発生した事件は、当直からそれぞれの担当係に引き継ぐ。

事件の通報がなければ茶を飲み、煙草をふかしながら待っている。

この間、牛尾は管内を見回りに出かける。所轄の刑事は捜査一課と異なり、都内・都下、全方面に引っ張られることはない。担当事件は新宿署管内に限定される。その点、本庁の捜査一課より気は楽である。だが、管内については自分の掌（たなごころ）を指すように精通していなければ、地域の刑事は務まらない。

牛尾はこの新宿という街が好きである。この街には主役がいない。だれでも自由に入って来られる。だが、そこに居つづけるためには、エネルギーとパワーがいる。

新宿は人間のごった煮のような街である。たとえば功なり名遂げた銀座、地方色濃厚な上野、池袋、ファッショナブルな六本木、小粋（こいき）な西麻布（にしあざぶ）、若者が主役の渋谷、宿場的な品川、また六本木、原宿、渋谷の分家のような吉祥寺（きちじょうじ）、自由が丘、下北沢などの拠点や盛り場のすべての要素を備えている。こんな街は日本で新宿だけである。これに近年、外国勢が加わって、その雑色性は国際的になった。
新宿は東京の中で最も人間くさい。人間の体臭がこれほど濃厚にこもった街を、牛尾は知らない。人間がごった煮にされて、狭い地域に犇めいている分だけ、人間のにおいが煮つまっている。
新宿署歌は、
文化の息吹　はつらつと
大ターミナルの朝ぼらけ
都の城西　治安は堅し
未来の夢をえがきつつ
若き血潮はほとばしる
おお　新宿警察署
というものである。牛尾はこの署歌を、「人間の息吹、はつらつと、(中略) 社会の不正と戦いて、老いたる血潮なお熱し、おお　新宿警察署」と勝手に歌い替えている。
ＪＲ、二本の私鉄(京王新線を含む)、三本の地下鉄を集める新宿駅の一日平均乗降客数三百五十万人、西口超高層ビル街の昼間滞留人口三十万人、東口歌舞伎町を中心とした夜間滞留人口五十五万ないし六十万人。これだけの人間が狭い地域に犇めく新宿は、一種の密林である。

だが、そこに集まる人々は仲良く共存共栄しているわけではない。滞留している人間が圧倒的に多く、根を下ろしている者は少ない。ようやく下ろしたと見えた根も、強い圧力に流されてしまう。圧力の強い街であり、その圧力に耐えられない者は速やかに淘汰(とうた)される。来る者には鷹揚(おうよう)であるが、留まろうとする者には苛酷(かこく)な街であった。

牛尾はそういう新宿が好きである。管内を歩いていると、たちまちあちこちから牛尾に声がかけられる。ヤクザ、風俗営業の客引き(ポーター)、ホステス、男娼(だんしょう)、飲食店の経営者、多種多様の人間が牛尾に親しみを込めた挨拶を送る。一人一人に応えながら、牛尾はゆっくりと歩く。

声をかける者の中には、飲食店やクラブの店主がいて、一杯飲んで行けとか、一休みして行けとか誘う。刑事は地域の街にそれぞれそのような贔屓(ひいき)筋を持っている。これをタニマチや檀家(だんか)と言う。タニマチの接待に狎(な)れると、地域と癒着してしまう。

タニマチは、身内になにか事があった場合、内々に済ませてもらったり、軽く済ませてもらうたびに、付け届けをする。これを袖(そで)の下よりも軽いところから、袖上げと呼ぶ。地域の協力なくては成果は上げられないが、タニマチや袖上げには甘い毒が仕掛けられている。

初めてこの街に踏み込んだ者にとっては、正体不明の不気味な人種が多いが、牛尾は彼らの素性(すじょう)をすべて把握している。地域から遊離すれば、刑事はやれない。また地域との密着は、地域毒とも言うべき腐食に取り憑(つ)かれる危険を抱えている。

マル暴(暴力団担当)刑事に暴力団員そのもののような刑事がいるのは、そのためである。

暴力団を相手にしている間に、暴力団と癒着してしまうのである。

　地域の腐食土に密着して、その汚泥に染まらないためには、強い意志と、高い志（ビジョン）がなければならない。それは警察官に神のごとくあれと命ずるに等しい。

　牛尾はとうてい神にはなれないが、神と人間の間にいるのが刑事だとおもっている。それも人間に近い神である。ビジョンを放棄した者、那須の言うロマンティシズムを失った者は、すでに警察官の皮を被（かぶ）った暴力団や無頼漢である。そのとき、警察手帳（クロパー）は悪の免罪符（めんざいふ）となってしまう。

　クロパーを免罪符にしてはならない。警察官にとってクロパーは、水戸黄門（みとこうもん）の腰の印籠（いんろう）よりも重い意味がある。

　タニマチの誘いを巧妙に躱（かわ）しながら、牛尾は歌舞伎町を一まわりして、プリンスホテル前の大ガードを潜り抜けようとした。

「牛（モー）さん」

　大ガードの手前で、牛尾は声をかけられた。声の方に視線を向けると、二人のホームレスが笑いかけている。一人はミンクのコートを着た老人であり、もう一人は彼の従者のように家財道具を満載した乳母車（うばぐるま）を押している。

　これも贔屓筋からもらったのであろうが、季節外れのミンクのコートを羽織った老ホームレスは独特の威厳があり、その忠実な従者（従車）のように乳母車を押しているホームレスも筋骨たくましく、二人が歩く姿は威風（異風）堂々としていて人目を引いた。

「やあ、将軍と軍曹ではないか。しばらく見かけなかったが、元気なようだね」

　牛尾は言葉を返した。

　ミンクの老人は、真偽は確かめられていないが、以前、自衛隊の将であり、軍曹も自衛隊の下士官であったという噂（うわさ）がある。たしかに老人が軍曹を従えて街を行く姿には、昔、三軍を叱咤（しった）した将軍の威厳が感じられた。

「我々は毎日、街を流しているが、牛（モー）さんの方があまり出歩かなくなったのではないのかね」

　将軍が言った。

「そうかもしれないな」

　街には出ているが、二人の流す区域から外れていたかもしれない。二人は牛尾の街の情報源でもある。二人が寄せてくれた情報によって、事件を解決したことが何度もある。もう少し接触を密にしなければいけないなと、牛尾は少し反省した。

「たまには署に寄ってくれよ」

「牛（モー）さん、冗談言っちゃいけないよ。いくら開かれた警察でも、我々を気安く入れてはくれないよ」

　軍曹が言った。

「そんなことはない。市民に開かれた警察だからね」

「我々は市民ではないよ。社会からこぼれ落ちた、強いて言うなら異民だよ。異民には警察の門は開かれていない」

「市民でも異民でも同等に開かれている。おれの名前を言って、会いに来てくれ」

「牛(モー)さんの名前を言わなければ入れないようでは、やはり開かれているとは言えないね」

将軍が揶揄するように言った。

「これは一本取られたな。だったら、そろそろ市民に戻ったらどうかね」

「その気はない。こぼれ落ちたと言ったが、自分の意志で市民(オーツ)社会から飛び出したんだ。なんの義務も責任もない。こんな暮らしが沁(し)みつくと、おいそれとは戻れないね」

「相変わらずだね。これから気候が寒くなる。身体には気をつけてくださいよ」

「大丈夫、私にはこの強い味方がついている」

将軍はミンクのコートをぽんぽんと叩いた。

そろそろ歌舞伎町にイルミネーションの花が満開になる時刻であった。牛尾は腹がへってきた。望むなら、タニマチからの豪華な夕食への招待がより取り見取りであるが、牛尾は妻の手作りの料理が瞼(まぶた)に浮かんだ。

完全な被害者

1

「少し疲れているみたい。仕事、忙しいの？」

ナイフとフォークの手を止めて、本宮桐子（もとみやきりこ）は田沢有里子の表情を探った。

「少し疲れているのよ」

有里子は答えた。顔色が冴（さ）えない。いつものように会話があまり弾まない。

「仕事が忙しいのは当たり前でしょうけれど、あまり無理しない方がいいわよ」

桐子は忠告した。

「有り難う」

有里子はおざなりに答えた。

「でも、有里、仕事のせいばかりではないでしょう」

桐子の言葉に胸を衝かれたらしく、有里子ははっとしたように面（おもて）を上げた。

「私には隠してもだめよ。なにか胸にわだかまっているんでしょう。こら、水臭いぞ。話しちゃえ」

　桐子は言った。

　二人は大学のクラスメートである。学生時代から無二の親友で、卒業後も時どき会って、食事を共にしたり、ホテルのバーで駄弁（だべ）ったりする。

「わかるの？」

「それはわかるわよ。何年、友達やっているとおもうの」

「ごめん。べつに隠すつもりはなかったんだけれど」

「結局、隠していたんじゃないの。一緒にご飯食べて、お酒を飲んだり、コーヒー飲んだりするだけが友達じゃないわよ」

「わかった。実は、困っていることがあるの」

「そうでしょうね。顔を見ればわかるわ。いつもの有里らしくないもの。仕事、それとも旦（だん）那（な）さんとの問題？」

「同時多発よ」

「同時多発となると、穏やかではないわね」

「だから困っているのよ。でも、仕事の方は毎度のことだから、なんとかしのげるとおもうけれど、問題は亭主ね」

「夫婦のことは当事者じゃないとわからないけれど、浮気問題？」

「まあね」

有里子の歯切れが悪くなった。

「まさか、あなたの方じゃないでしょうね」

「揺れているのよ。亭主は愛しているし……」

「旦那さんを愛しているのなら、問題ないじゃないの」

「それほど簡単ではないのよ」

「一方で旦那さんを愛しながら、他方で誰かに惹かれているというわけね」

「そうなの。亭主を愛してはいるけれど、時どき重苦しくなるのよ。その人と一緒にいると、とても心が安まるの」

「贅沢言っているわね。立ち入るようだけれど、もう一線を越えているの」

「いいえ。結婚を申し込まれて、困っているの」

「相手は有里が結婚していることを知らないの？」

桐子は驚いたように言った。彼女が想像していたような不倫ではないらしい。

「結局、相手の人を騙した形になってしまったわ。心苦しいのよ」

「それで、相手の人には結婚していることを打ち明けたの」

「打ち明けたわ。かなりのショックをあたえたみたい。でも、一応は納得してくれたわ」

「だったら、一件落着じゃないの。あとはあなたの心の問題でしょう。同時多発というと、ほかにもまだなにかあるの」

「私、最近、だれかに監視されているような気がするの」

「監視？　だれに……」

「それがわからないので、気味が悪いのよ」

「有里にプロポーズした人がストーカーになったんじゃないの？」

「そんな人ではないわ。彼とはべつの方向から視線を感じるの」

「有里は目立つのよ。男ならだれでも見るわ」

「そういう視線ではないわ。桐子だって、男の視線なら感じるでしょう」

「どんな視線なの」

「なんとなく、いやな気配を感じるのよ。私の隙を狙っているみたいで。こうしている間にも、どこからかそっと見られているような気がするの」

有里子はレストランを見回した。数組の客がキャンドルライトの灯ったテーブルを囲んで、食事を摂りながら楽しげに談笑している。いずれからも、そのようないやな気配は感じられない。

「いつごろから視線を感じるようになったの」

「その人と知り合ったころからよ」

「だったら、その人の視線ということはないわね。どの方角かわからないの」

「それがわからないから、気味が悪いのよ」

「有里にまったく心当たりはないの」

「ないわ。ストーカーなら、そのうち必ず姿を現わすはずだわ。でも、ストーカーでもないような気がするの」

「いやな気配と言ったけど、有里はだれかに恨まれているような心当たりはない？」

「それが、まったくおもい当たらないのよ。私、他人（ひと）から恨まれるようなことはしていないわ」

「有里に心当たりはなくても、一方的に恨んでいるということもあるわよ。逆恨みということもあるわ」

「逆恨みされるようなこともしていないわよ」

「そうだ、有里、旦那さんから疑われていない？」

「疑う？　私を？」

「夫婦って敏感なんでしょ。有里の心の揺れに気づいた旦那さんが、疑心暗鬼に駆られて、有里を見張っているということはないかしら」

「まさか」

「ないとは言い切れないでしょう。有里が浮気をしているのではないかと疑って、私立探偵を雇うということも考えられるわよ」

「田沢はそんな陰険な男ではないわ」

「有里を愛していれば、そのくらいのことはするかもよ。自分の妻が盗まれているのではないかという疑いを持ったら、妻の行動に気をつけるわ。自分自身で監視できなければ、私立探偵に頼んだとしても不思議はないわ」

桐子の言葉に、有里子の表情が揺れた。

2

玉川上水旧水路の両岸に沿って、細い道がある。駅までの近道なので、昼間はけっこう人の通行があるが、夜間はばったりと途絶える。

旧水路には乏しい水が流れていて、ところどころの水溜まりに、鯉が泳いでいる姿がいじらしい。通行人が水路に落ちぬための安全対策か、あるいは鯉を盗みに来る不心得者がいるのか、水路の両岸には大人の背丈ほどの金網の柵が設けられてある。

狭い道の片側はアパートや人家の裏側になっている。界隈には細い路地が錯綜し、小住宅が軒を並べている。だが、下町風のごみごみした雰囲気はなく、各戸それぞれ個性を主張した洒落た設計の家や、童話の世界に登場する積木細工のような家が、狭いスペースに季節の草花を植えたり、鉢植えを置いたりしている。

住宅街の中の道路は、おおむね消防車も入れないほどに狭い。空き地のない界隈に、やや広いスペースを占めている建物は、図書館や、区民会館や、学校である。

駅へ近づくほどに、繁華な商店街となり、殺風景なビルが立ち並ぶ。この界隈が、江戸期は狼谷（おおかみだに）と呼ばれた草深い原野であったとは想像もできない。いったん火を失すれば、大惨事になりそうな街並みも、散歩には恰好である。

散歩は四角四面の迷いようのない街並みよりも、どこへ出るかわからない迷路のような街が断然面白い。人が最初に住み着いて、後から道ができたような街には、住人の肌の温（ぬく）もりがある。

だが、それも高層マンションやアパートの進出で、オニヒトデに食い荒らされるサンゴの群落のように危うくなってきた。

この小住宅街の迷宮が、立ち並ぶ高層マンションに取って代わられる日も近いことを予告するような、機能本位の非情緒的な建物が界隈に散見するようになっている。

もともとは新宿の影響から逃げ出して来たような街が、膨張する新宿に呑み込まれかけている。新都心へのアクセスのよさから、それを喜んでいる住人も少なくない。

最終電車が発車すると、固まって降りて来た乗客が、たちまち八方へ散ってしまう。下車したときは、こんな遅い時間に、こんなにも大勢の人間がいるのかと驚くほどであった人数が、たちまちばらけて心細くなる。

ＯＬ風の若い女性が、駅前の商店街を足早に抜けて、水路沿いの寂しい道へ踏み込んだ。昼間は、むしろ都内では珍しい川面の見える好ましい散歩道であるが、夜間はほとんど人影がない。

金網ごしの川面にも暗い闇(やみ)が澱んで、鯉は見えない。だが、この道が彼女の家には最短の近道である。少し心細いが、慣れた道であった。それに、最終電車から降りた乗客が、二、三人は後方からつづいて来る気配であった。

寂しい区間は百メートルほどで、稲荷社(いなりしゃ)の手前の橋へ出て終わる。両側の家並みはすべて寝静まっている。彼女は寂しい道を急いだ。

雲行きが怪しいのか、空には一点の星の光も見えず、いつもの夜よりも暗い。歩き慣れている道が、常よりも長く感じられた。

後方から足音が迫ってきた。同じ駅で下車した、同じ方向へ向かう人が、家路を急いでいるようである。

その足音にふと異常な気配をおぼえた彼女は、振り返ろうとした。だが、完全に首をめぐらす前に、後方から足早に近づいて来た人影は、腰だめに構えた凶器を勢いをつけて、深々と彼女の背中に叩き込んだ。

彼女が悲鳴半ばにその場に倒れかけたのを、人影は素早く空いている手を前にまわして、彼女の身体を支え、さらに深く凶器を抉(えぐ)り込んだ。

凶器の手応えに満足したらしい人影は、彼女を支えていた手を放した。支えを失った彼女の身体が地上に倒れると同時に、凶器は自動的に引き抜かれた。

被害者の身体をその場に残して、加害者は追って来たときと同じ歩速で現場から歩み去った。一瞬の間の早業で、凶器が蓋をした形になって、加害者はほとんど返り血を浴びていない。

被害者は襲われた後、しばらくは虫の息ながら生きていた。だが、普段は終電車が出た後も、多少は人が通るその道は、その夜に限って、朝まで人通りがなかった。

被害者の死体が発見されたのは、翌早朝、犬を散歩に連れ出した近所の住人によってである。仰天した住人は、自宅へ走り戻って、一一〇番した。

3

その日の朝、棟居は自宅で事件発生の連絡を受けた。妻子の仏壇に灯明を上げ、水を供えたところであった。

「ほら、来たぞ。当分帰れなくなるかもしれないが、二人で留守を守っていてくれよ」

棟居は生きている者に話しかけるように、二柱の位牌に言うと、点けたばかりの灯明を消した。朝食をゆっくり摂っている閑はない。いつも備えているバナナとヨーグルトと生卵を一緒くたに胃袋に呑み下すと、ビタミンCの錠剤を十粒ほど口中に放り込んで、家を出た。
「渋谷区笹塚一丁目三十×番地、笹塚駅西南、旧玉川上水開渠部に沿った側道上に、若い女性の刺殺体」。警視庁の通信指令センターから連絡された事件発生現場に、棟居は自宅から直行する。

おそらく所轄署のパトカーはもちろん、都内各署から無線を通じてリアルタイムに連絡を受けたパトカーが、現場に急行しているであろう。

棟居の心身は久し振りに獲物のにおいを嗅いだ猟犬のように勇躍していた。ここしばらく、大部屋で待ちの日がつづいて、身体に黴が生えそうになっていた矢先である。

「刑事殺すに刃物はいらぬ。待ちの三日もあればよい」と詠われるほどに、在庁番がつづくと、刑事は腐る。

棟居が向かいつつある先には、酸鼻な死体が転がっている。その現場に嬉々として向かっている自分に、棟居は刑事根性が沁みついてしまったことを実感した。

刑事の目に被害者の死体がクローズアップされて、その背後に犯人の姿が霞んでしまうと怖い。捕らえなければならないのは犯人であり、本来は事件の発生を防止すべきである。だが、刑事の仕事は死体が転がらなければ始まらない。

棟居の場合、その死体の中に家族が混じっていたのである。

単純には喜べないはずであるが、久し振りに事件現場に呼び出しを受けたこの心身の弾みようはどうだ。

まだ朝もやの烟る車道へ出た棟居は、通りかかった空車を停めて、行き先を告げた。

現場には、すでに数台のパトカーと、所轄署員が先着していた。

現場まで車が入れないために、近くの車道にパトカーや、機動捜査隊の覆面パトカー、トンボ班と呼ばれる単車が、甘いものに群れる蟻のように集まっている。

所轄署の捜査員の中から、顔馴染の菅原が棟居を目ざとく見つけて、近寄って来た。

「棟居さん、お久し振りのおはようですな。今日は長い一日になりそうですね」

菅原は懐かしそうに話しかけてきた。捜一の刑事はいつも死体を接点として顔を合わせる。

死体が発見されると、事件性ありと確認された後、所轄署から本庁に出動の要請がいく。

棟居が自宅から現場へ呼ばれたのは、死体の犯罪性が濃厚であることを示している。

　菅原が言った長い一日には、長期にわたる調査も暗示されている。

「所持品から、この先の笹塚一丁目××番地、オーロラ荘というアパートに居住している川島洋子さん、二十六歳のＯＬであることがわかりました。同アパートの管理人によって、本人であることが確認されました。所持していた金品は奪われていません。昨夜、帰宅途上、襲われた模様です。創傷は背後から、細身の刃物で一突き、心臓部を刺通しているようです」

　菅原は手短に説明した。死体は鑑識が綿密に観察している。

現場は川に面した狭い道なので、多数の捜査員は入り込めない。地中に吸収されたのか、現場に出血の痕跡は目立たない。

棟居は一瞬、通り魔の犯行をおもった。だが、通り魔は犯行の現場を選ばない。若い女性の身体は男の恨みを蓄える袋であるから、動機は痴情かもしれない。衣服は乱れておらず、身体に乱暴された形跡も認められないという。

この間に、那須班のメンバーが次々に駆けつけて来た。朝もやが動いて、空が晴れかけている。爽やかな朝であるが、ここに永遠に目覚めない一人の女性がいる。

死体の主は殺害される前、今朝も昨日と同じように目覚め、出勤し、割り当てられた仕事をするつもりでいたであろう。

二十六歳といえば、未来に大きな可能性を秘めている年齢である。それが不本意な永遠の眠りにつかされた。

朝もやが晴れ、川面に魚影が見えた。鯉に心があれば、犯人を見ているかもしれない。早朝出勤のサラリーマンの姿がちらほら見えてきた。彼らはいつもの通勤路を立入禁止にされて、迂回を余儀なくされている。

鑑識の死体の観察が終わり、捜査員の実況見分が始まった。

現場は笹塚一丁目三十×番地、玉川上水旧水路の開渠部に面する側道である。側道と旧水路の間には、大人の背丈を超える金網が張りめぐらされていて、旧水路には立ち入れない。

周辺は軒を接した小住宅街である。街灯はなく、夜間は人通りが絶える。

実況見分の後、二人一組に地割り区分して、現場周辺の聞き込みにかかった。

現場の近くの住人が、昨夜深夜から午前一時ごろの間に、夢うつつに悲鳴のような声を聞いたような気がしたが、そのまま眠ってしまったと答えた。それだけが犯行に関する唯一の情報であった。

被害者の遺体は検視後、解剖のために現場から搬出された。

その日の午後、所轄の代々木署に捜査本部が設置された。

被害者は二年前にオーロラ荘に入居している。

新宿区西新宿二丁目の二十一世紀商事という貿易会社の社員である。都内の私立大学を四年前に卒業して、同社に入社した。二年間、世田谷にある同社の社員寮に入居していたが、二年前に生前の住居であったオーロラ荘へ移った。事件当日は最終電車近くまで残業していた。

特定の異性関係は認められない。

出身地は福島市である。区の住民基本台帳から本籍地の両親に悲報が連絡された。

翌日、解剖の鑑定結果が出た。剖見によると、死因は心臓機能の損傷。

他殺。

死亡推定時刻は九月二十一日午前零時から午前二時。

創傷の部位および程度は、左後背部から左胸部にかけて、先端の尖鋭な有刃器を突き刺し、長さ十二センチ、心室を穿通する刺創管を形成し、右刺創に基づく心臓損傷による失血。

凶器は刃渡り約十センチ前後のナイフ、小刀、匕首等の片刃の有刃器。刺突時の圧迫を受けて刃渡りより長い刺創管を形成した。生前、死後の情交、暴行、姦淫等の痕跡認められず。

死体の血液型はO型。

疾病認められず。

薬毒物の服用認められず。

というものであった。

さらに参考として、被害者が処女であったことが付け加えられていた。解剖によって、異性関係の線は薄くなってきたが、痴情、怨恨の動機を完全に否定するものではない。

その日の午後、解剖による鑑定を踏まえて、代々木署において第一回の捜査会議が開かれた。

捜査一課那須班のメンバー、所轄署、近隣署から応援部隊として駆けつけた指定特別捜査員、また借り上げと呼ばれる地域課の巡査、鑑識など、総勢約六十人が会議に参加した。

捜査本部長となった捜査一課長から型通りの訓示があった後、鑑識課長から現場および死体の採証結果の報告があって、会議に入った。

すでに死体発見後、初期捜査の説明会が行なわれているので、正確には二回目の会議である。

まず、那須警部が立った。

「初期捜査の聞き込みでは、被害者は誠実で頭がよく、他人の面倒みがよくて、上司、同僚から信頼を集めていたそうだ。仕事もできて、取引先の評判も抜群だった。社内切っての美人で、男子社員の人気を独占していたそうだが、特定の相手はいなかったという。被害者の遺品にも、特定の男性の存在を推測させるような資料は発見されていない。オーロラ荘の管理人や隣人たちも、彼女の部屋に男の訪問者はなかったと証言している。被害者の周辺に彼女を悪く言う者はいない。

まだ捜査は立ち上がったばかりで、どんな動機が潜んでいるかわからないが、いまのところ、被害者の身辺には痴情、怨恨の動機は見当たらない。犯行の状況からして、犯人は人気（ひとけ）のないところで被害者に追いつき、問答無用で殺害している。通り魔の犯行の線も消せない。各自、忌憚（きたん）なく意見を述べてもらいたい」

と那須は言った。

若い女性の被害者の場合、異性関係を疑うのは常道である。だが、男の影はまだまったく現われていない。

捜査はまだ、那須が言ったように立ち上がったばかりである。被害者の現在に男の影がなくとも、どんな過去が隠れているかわからない。女性は秘密の倉庫とも言える。

「犯人は被害者の後を尾けて行った状況があります。通り魔であれば、そんな面倒なことをせずに、出会い頭に犯行に及ぶのではないでしょうか。やはり被害者をターゲットにした計画的な犯行の可能性が大きいと考えます」

那須班の山路につづく古参、草場が意見を述べた。多数の出席者がうなずいた。

「通り魔が被害者を尾けて行き、人気のない寂しいところで犯行に及んでも、なんら不思議はない。あるいは行きずりの犯人が被害者を見かけて劣情を催し、後を追い、現場で被害者に言い寄り、拒絶されたために脅す目的で刃物を出したところ、激しい抵抗に遭って殺害したということもあり得る。通り魔、あるいは行きずりの者の犯行の線は消せないとおもう」

山路が反論した。少数派ではあるが、山路の意見にうなずく者があった。

「通り魔が被害者を追って行った可能性もありますが、劣情を抱いて被害者に言い寄ったにしては、現場が不可解です」

棟居が発言した。出席者の視線が集まった。

「行きずりの痴漢が被害者に言い寄り、抵抗されて犯行に及んだとすれば、被害者を引きずり込めるような暗い空き地や、公園や、工場や、学校の敷地のそばを選んだとおもいます。現場は細い路上で、片側は金網で隔てられた水路に面し、もう一方は人家が並んでいました。つまり、劣情を遂行する場所としては狭すぎるし、深夜とはいえ、いつ人が通行するかわからない路上で、痴漢が言い寄ったのは不自然だとおもいます」

棟居は言葉をつづけた。

「痴漢は必ずしも現場で劣情を遂げようとはおもわない。暗い場所で女性に言い寄り、同意を得た後、しかるべき場所へ誘い込もうとしたのではないのか」

山路が切り返した。

「被害者に言い寄り、しかるべき場所へ誘い込もうとしたにしては、問答無用の犯行の状況です。被害者にはまったく抵抗した形跡がなく、背後から一撃で刺殺されています」

「現場を見ていた者はだれもいない。身体に抵抗の痕跡がなくとも、言葉で拒絶して犯人を怒らせたということも考えられる」

会議の焦点は、計画的犯行か、通り魔（行きずり）かという点に絞られた。計画的犯行説が優勢であるが、山路が唱えた通り魔説を支持する者も少なくない。いずれを取るかによって、捜査方針が変わってくる。

だが、両説とも決定的な根拠はなかった。

「計画的犯行、行きずり、いずれの線も考えられる。当面、両面捜査をもって臨みたい」

結局、那須警部の言葉が結論となった。

第一回の捜査会議の目的は、捜査方針の確認と、各捜査員の役割を決めることにある。これを部内ではアサインと呼んでいる。アサインによって、棟居と菅原が組んだ。これまで何度もペアを組んでいるので、たがいの気心は知れている。

第一回の捜査会議によって、被害者の敷鑑（人間関係）捜査。

さらに敷鑑捜査の対象として、男性関係以外に親戚、知人、面識者、同じアパートの入居者、近隣の住人、元住人、近隣の暴力団関係者、素行不良者、不審者、セールスマン、配達人、集金人、御用聞き、季節労働者などをリストアップした。

現場および周辺の検索徹底。

地取り聞き込み捜査。

犯行当日の被害者の足取り捜査。

犯行手口に基づく前歴者の捜査。

が当面の捜査方針として決定された。

4

捜査本部が設置され、本格的な捜査が進むにつれて、被害者の生活史が浮き彫りにされてくる。棟居は捜査に携わるつど、被害者は二重の被害を受けているのではないかとおもう。

ある日突然、生命を奪われたのみならず、本人のプライバシーがまるで顕微鏡にさらされるように容赦なく拡大、露出される。被害さえ被らなければ、他人には踏み込ませないプライバシーの垣根の奥へ、捜査員が土足でずかずかと入り込んで来る。

犯人を捕らえるためとはいえ、被害者にしてみれば、入り込まれたくない領域であろう。もし正常な状態で、他人がそんなことをしたら、たちまちプライバシーの侵害となるような行為に、被害者は甘んじなければならない。

まして、若い女性には、他人(ひと)に知られたくないプライバシーが多い。まるで恥部を拡大して、覗き込まれるような行為に、死者は一言の抗議もできない。たとえ被害者がいかがわしいことをしていても、被害さえ受けなければ、他人の目にさらされることはなかった。

犯人は被害者の生命を奪っただけではなく、そのプライバシーを一片もあまさずに奪ったのである。

だが、川島洋子のプライバシーには、まったく瑕疵(きず)がなかった。捜査員の地を這(は)い、草の根を分けるような聞き込みにもかかわらず、他人の恨みを買ったり、生前、大きな取り引きをしていたり、嫉妬(しっと)されたり、仕事関係で競(せ)り合ったり、相続や贈与の問題に関わったりしていない。彼女が死んで利益を得る者もいない。

悲報に接して、被害者の両親が駆けつけて来た。父親が遺体を確認した後、悲しみを抑えて、

「あの娘(こ)を東京へ出すべきではありませんでした。福島にも大学がないわけではないのに、東京の大学へ進学したいという洋子の熱意に負けて、許したのがまちがいでした。卒業したとき、福島へ戻って来るように勧めたのですが、そのまま東京で就職してしまいました。あ

の娘は東京が好きでした。歳を取ったら福島に帰ってもよいと言っていましたが、若い間に東京でできるだけ多くの出会いをして、田舎では得られないような体験を積んで、見聞を広めたいと言っていました。

あの娘は小さいころから好奇心が旺盛でした。田舎ではあの娘の好奇心を満たし切れないとおもって、二度とない若い間に、なんにでもチャレンジできればという親心が仇になってしまいました。洋子は東京に裏切られたのです。親の私が言うのもなんですが、あの娘にはまったく邪心というものがありませんでした。東京が好きで、東京を信じて、東京で就職して、ようやく根を下ろしかけた矢先に、東京に殺されてしまったのです。福島にいたら、決してこんなことにはならなかったとおもうと、悔やまれてなりません」

と語ったとき、こらえていた涙が彼の目から溢れた。

母親は娘の遺体を見ることもできない。棟居らは、両親にかけるべき言葉がなかった。

このとき、被害者の遺体の奥に隠れていた犯人の影が、捜査員の追うべき的としてくっきりと浮かび上がった。

被害者の同僚の一人は、

「私、川島さんに救われたことがあります。次の日に上司に提出する予定のレポートを、迂闊にも紛失してしまいました。そのとき、川島さんは親身になって一緒に探してくださり、どうしても見つからなくて絶望した私を励まし、一緒に徹夜して、新たにレポートを作成して、事なきを得ました。でも、川島さんは少しも恩きせがましい態度をせず、私が折にふれて感謝すると、むしろ怒った顔をして、そんなことは早く忘れなさいと言いました。あんな素晴らしい人を殺した犯人は、絶対に許せません。早く犯人を捕らえてください」

と言った。

捜査の触手は、彼女の過去へとさかのぼった。

被害者の中学時代の教師は、

「川島さんはクラスの人気者でした。頭がよくて、全力を出せば、おそらく学年トップになったはずです」

と言った。

「といいますと?」

捜査員には、その言葉の意味がわからなかった。

「彼女、トップにならないように、できる問題も故意に手を抜いていたようです。質問をすると、わかっていながら手を挙げないことがありました。トップになって、目立つのがいやだったんでしょうね」

「謙虚だったんですね」

「謙虚というだけではなく、思慮深いといいますか、中学生にしては大人顔負けの分別がありました。わざとできない振りをして、優等生に集まりやすい嫉妬を躱(かわ)そうとしていたんですね」

教師の証言は、彼女の上司によっても裏づけられた。

「川島君は完璧(かんぺき)な仕事はしませんでした。どうでもいいようなミスをわざとするのです。完璧な人間は周囲の者を警戒させます。川島君のようなできる人が、こんなミスをするとおもうと、ほっとするんですね。ハンドルの遊びのない車は危険です。川島君はそんなハンドルの遊びをよく心得ていましたよ」

「そんな才色兼備の女性が、どうして二十六歳まで、恋人一人できなかったのでしょうか」

捜査員は彼女が処女であったことを知っていたが、その事実を黙秘した。

「さあ、会社では彼女と個人的につき合っていた男子社員はいなかったようですが、社外にはいたんじゃありませんか。あるいは社内で隠れてつき合っていた男子社員がいたかもしれません。彼女のプライバシーについては知りません」

「隠れた恋人がいれば、彼女が殺害されて、どうして名乗り出ないのでしょうか」

捜査員はあえて問うた。隠れた恋人がいたとすれば、名乗り出にくい事情があるのかもしれない。

被害者が処女であったことは解剖で証明されているのであるから、世間的な不倫は犯していない。あるいはプラトニックな関係を、改めて名乗り出るほどの恋人関係とは認めていないのかもしれない。

　上司は捜査員の問いに、当惑したような表情を浮かべただけであった。

「川島さんは男嫌いというようなところはありませんでしたか」

「男嫌いには見えなかったですね。グループでは、けっこう男子社員と楽しげにつき合っていましたし、グループ旅行にもよく行っていました。要するに、彼女のハートを射止めるような男がいなかったんじゃありませんか」

　捜査すればするほどに、一点の非の打ちどころもない彼女の人物像が浮かび上がってきた。捜査員の目には、ハンドルの遊びも、彼女の完全な人物像の要素になっている。ハンドルの遊びは機械であって、人間ではない。そんな被害者の非人間的な完全性が、男を敬遠させたのかもしれない。

　捜査員はそれぞれの分担に応じて、靴を磨り減らしながら、連日、聞き込みに歩いた。疲労のみ積み重なり、めぼしい成果はなかった。

　事件発生後一期（三週間）はまたたく間に過ぎた。一期を経過しても、捜査にさしたる進展がない場合は、長引く傾向がある。

　この間、捜査本部に詰めた捜査員はほとんど帰宅せず、本部が設置された所轄署に泊まり込んで、不毛の捜査をつづけていた。

　事件発生が九月下旬、最も暑い季節は過ぎていたが、「乞食も避ける」と言われる秋の陽射しの下を聞き込みに歩いていると、真っ黒に陽焼けしてしまう。空は日増しに高くなっていくが、時には残暑すらおぼえるような強い陽射しに、汗まみれになった下着を替えることもできない。

食事は毎日、店屋物か、仕出しの弁当である。栄養は偏り、捜査員は頰がこけ、目ばかり光ってくる。栄養不足を補うと称して、コップ酒をあおり、口から煙草を離さない。

刑事の職業病に胃潰瘍、肝臓、腎臓障害が多いのも、偏食と泊まり込みで、ついあおるコップ酒のせいである。

地割りされた区分の聞き込みと、目撃者探しに足を棒にして帰署してくるのが午後八時ごろ。それから深更まで捜査会議をして、自宅の近い者は帰宅するが、家に着くのは深夜に及び、翌朝八時ごろにはもう本部へ出て来る。

それでも帰宅できる者はましで、たいていの者はプライバシーも、ろくな寝具もない所轄署に泊まり込む。平均睡眠時間三、四時間で、また犯人の追跡に飛び出して行かなければならない。

慢性睡眠不足、偏食、過度のアルコールとニコチンの摂取、強い緊張が長期にわたるストレス、刑事は身体に悪いありとあらゆることを自分に強いている。刑事が畳の上で死んだとしても、心臓疾患、脳出血や脳梗塞、蜘蛛膜下出血、癌、糖尿などが多いのも、刑事の不規則なライフスタイルが影響しているにちがいない。

めでたく停年後、急速にぼけるのも、現役時代の苛酷な労働から解放されて、深海魚が水圧の弱い浅い海に出て来たように、自分を見失ってしまうからであろうか。

一期を過ぎると、捜査本部のモサ連にもさすがに疲労が重く澱んでくる。成果が上がれば疲労も吹き飛ぶが、めぼしい収穫がないときは、疲労の色が濃く滲(にじ)んでくる。泊まり込む刑事たちのコップ酒の量が多くなり、ニコチンが骨の髄(ずい)にまで沈殿してくるようである。

「遺留品なし、目撃者なし、動機なし、こうないない尽くしでは手も足も出ねえな」

草場がぼやいた。

動機、遺留品、手口、犯罪現場、敷鑑、犯人の足取り、被害品、捜査方法のすべてが閉ざされて、捜査は完全に膠着(こうちゃく)状態に陥った。

もしこれが通り魔の犯行であれば、類似犯行が発生するはずである。だが、その後、通り魔による被害は報告されていない。

「一体、どうなっているんだろうな」

こつこつと資料を集め、まるで精密機械を組み立てるように、犯人像に迫っていく河西が、今度ばかりはお手上げといった様子である。

「被害者に一点の非の打ちどころもないということは、犯人の攻め口もないということになりますね」

下田が言った。

「完全犯罪とはよく言うが、完全被害者というのは珍しいな」

辻が言葉を挟んだ。

「完全被害者とは、手がかりがまったくないということかね」

那須が問うた。

「そうです。現場は捜査資料の宝庫と言われますが、被害者は証拠そのものです。しかし、この被害者にはなにもありません。つまり、犯人にとって完全な被害者です」

辻が言った。

捜査資料は死体から四、現場から六の割合と言われる。つまり、被害者の死体には四〇パーセントの捜査資料が詰まっているということである。

捜査はまず被害者から立ち上がる。だが、この被害者は死体と生前の生活史から、一パーセントの資料も発見されない。つまり、捜査資料ゼロパーセントの被害者というわけである。

最近の調査では、高校生三人に一人が性体験があるという時代に、二十六歳の美しい処女は奇跡に等しい。縁がなかったのか、あるいは男嫌いであったのかもしれない。

「そんなはずはない。被害者は犯人へ至る門だ。必ずその門の奥には犯人がいる」

山路が言った。

「その門がありません。高い塀(へい)ばかりですよ」

下田が言った。

「門のない家はない。刑務所だって門はある。門がロックされているだけだよ。門を開く鍵を探すんだ」

山路が一同を鼓舞するように言った。

那須班の悪役は、捜査員が落ち込んだとき、叱咤激励する鞭打ち役に変わる。これを那須班のメンバーは山路の鞭打ち症と陰で呼んでいる。

だが、山路に鞭で打たれると、どんなに落ち込んでいても、またやる気を起こす。那須班にとっては貴重な鞭打ち症であった。

「山路さんは不死身ですね」

菅原が感心したように言った。

「いやあ、菅原さんの方が不死身だよ」

山路が言い返した。菅原にはタフというニックネームがある。ニックネームそのままに、どんなに捜査が膠着して長引いても、平然としている。

「私が不死身なんて、とんでもない。いつも勢いが奮わない、不振ですよ。私ができるのは不寝番ぐらいですなあ」

「それが不死身だと言うのですよ」

那須の言葉に、全員から笑いが洩れた。

菅原は捜査本部に連日泊まり込み、当直を重ねて平然としている離れ業を見せる。「菅原さんは目を開けて寝る」という伝説の持ち主でもある。

だが、棟居は最近、不死身の菅原に不整脈が時どき現われることを知っている。斗酒なお辞せずの酒豪の彼が、最近コップ酒を控えている。

位牌の声

1

棟居は久し振りに自宅へ帰った。洗濯物を持ち帰り、家の風呂に入って、綺麗な下着に着替える。

だが、なによりもまず仏壇に灯明を上げ、新しい水と替えてやる。

「長いこと留守してごめんな」

妻の春枝と娘の桜の位牌に謝りながら、手を合わせる。

「におうわよ。早くお風呂に入りなさい」

という妻の声が聞こえるような気がする。かたわらから、

「お父さん、お土産は」

と娘がねだっている。

捜査本部に連日泊まり込んで、聞き込みに歩いている一期中、娘の土産など買っている暇はない。だが、棟居は聞き込み途上に見つけた駄菓子屋で買った昔菓子の袋を、母親より一

まわり小さい娘の位牌の前に供えた。

「これで勘弁してくれよな。今度、休みの日にいいお土産を買って来てやるからさ」

と棟居は桜の位牌に約束した。

桜の後、妻の位牌に改めて向かった棟居は、

「捜査が行き詰まっていてね、帰りたくても帰れなかった。また当分帰れそうにない」

と詫びた。

「大丈夫よ。桜と二人でしっかり留守番をしているわ。でも、明日あたり、なにかわかるかもしれなくてよ」

妻がささやいた。

「だといいんだがね」

「きっと見つかるわよ。あなたなら」

妻の声が励ました。

「そんなことより、早くお風呂に入って。そのにおいのせいで、犯人が逃げてしまうわよ」

妻に促された棟居は、苦笑しながらバスの用意をした。

捜査本部でもシャワーぐらいは使っているが、連日の聞き込みで溜まった汗と脂を充分に洗い落とせないのであろう。男所帯で気がつかないが、本部内には相当なにおいがこもっているはずである。

「なにせ、遊牧民だからな」

棟居はつぶやいて、我が家の風呂でゆっくりと汗を流し、一人の食卓に向かった。

一人ではあるが、食卓と向かい合った仏壇には、春枝と桜がいる。捜査本部の仕出し弁当よりもはるかに豪勢で、充実した食事である。


翌朝、久し振りの我が家のせいか、目を覚ましたときは窓が明るくなっていた。狭いながらも、庭の方角に野鳥のさえずりが賑(にぎ)やかである。

慌ててベッドからはね起きた棟居は、時計を見た。一般のサラリーマンであればまだ早い時間であるが、棟居にしては珍しく寝坊した。だが、仏壇に灯明を上げ、新しい水を供えることは忘れない。

朝食もしっかり摂って、家を出た棟居は、最寄り駅から電車に乗った。常よりも乗客が多いのは、時間が遅いせいであろう。棟居はいつものように陽の当たらぬ窓の方の吊り革につかまって、窓外の風景に目を遊ばせていた。

昨夜、妻が、明日あたりなにかわかるかもしれないと告げた言葉が心に残っている。夢のお告げではなく、位牌から聞こえてきた声であった。久し振りに聞いた妻子の声であった。

多少余裕のあった車内も、終点に近づくにつれて混(こ)んできた。

新宿駅で大量の客と共に電車から吐き出された棟居は、ホームを階段の方角へ向かって歩いた。前方を足早に歩いている若い女性の後ろ姿が、ふと目に入った。

棟居は一瞬、はっとして目を見張った。

「桐子さん」

おもわず無意識に声が出た。だが、周囲の喧騒で、棟居の声は女性の耳に届かない。朝の通勤客は、職場を目指して脇目も振らない。それぞれ異なる職場へ向かう人たちが、大集団をなして海や湖へ一直線に移動して自殺をするレミングの大群のように見えた。

その大群の中の一人として、すぐ目の前を桐子が歩いている。棟居は一瞬、桐子が集団と共に自殺を図るような錯覚を持った。桐子を死なせてはならない。桐子はまだ家族とは言えないが、妻子を奪われた上、桐子の新たなる喪失には耐えられない。

棟居は人波をかき分けるようにして、桐子に追いついた。再度呼びかけると、ようやく声が届いたらしく、桐子が振り返った。彼女の面に不審の色が浮かんでいる。桐子ではなかった。後ろ姿はどう見ても桐子であったが、別人であった。

棟居が人ちがいを詫びる前に、彼女は頭をめぐらすと、移動する大集団の一人となって、足早に立ち去って行った。

考えてみれば、新宿駅は桐子の通勤経路ではない。彼女はこの時間帯、新宿にいるはずがないのだ。棟居は自分の早合点を笑った。

駅の構内から出て、捜査本部へ向かう途上、棟居は、はっとして立ち止まった。すぐ後方から歩いて来た通勤者が、棟居が急に立ち止まったものだから、危うく突き当たりそうになった。

だが、棟居は歩道に立ち止まって、宙の一点に目を据えたままである。棟居はある可能性におもい当たった。

（もしかすると、犯人は被害者をまちがえて襲ったのではないのか？）

棟居がたったいま、通勤女性の後ろ姿を桐子とまちがえたように、犯人も被害者の後ろ姿を見まちがえたのではないのだろうか。

朝の明るいホームですら見まちがった。現場は暗い寂しい路上であった。犯人はターゲットとは別人の後ろ姿を見まちがえて、殺したのではないのか。棟居はその着想に取り憑かれた。その着想を阻むものはなさそうである。

これが昨夜、妻が「明日はなにかわかるかもしれない」と告げたことであろう。

犯人の誤殺であったからこそ、被害者の敷鑑捜査になにも触れなかった。犯人の誤殺が完全な被害者を産んだのだ。

棟居は自分の着想を信じた。

2

棟居の着想は捜査本部に波紋を描いた。

誤殺ということになれば、これまで多数の刑事が靴を磨り減らして積み上げた捜査が、まったく無駄になってしまう。捜査本部に参加した捜査員は、少なからぬ衝撃を受けた。

「冗談言っちゃいけないよ。いやしくも人間一人を殺すんだよ。犯人は人通りの絶えた暗い路上で被害者を襲ったが、駅の方から尾けて来たんだろう。明るいところで被害者の顔を確認し、暗い現場まで尾行して来て襲ったんだ。まちがえるはずがないだろう」

山路が反駁した。

「明るい場所で確認したときから、すでに見まちがえていたのかもしれません。犯人が狙っていた本来の的は、被害者とそっくりであった可能性があります」

「行きずりの犯行でない限り、犯人は被害者の素性を知っているはずだ。素性や身の上までそっくりさんだったわけではあるまい」

「犯人が被害者の素性や身の上を詳しく知っているとは限りません。行きずりの犯行ではなくとも、犯人にとって致命的な事情を知っている者や、都合の悪い場面を見た者の口を封じようとするでしょう。いちいち身の上調査をした上で殺すとは限りません」

棟居の言葉に、会議場に笑声が洩れた。身の上調査という言葉がおかしかったのであろう。

「一歩譲って、誤殺と仮定すれば、犯人はまだ目的を達していない。犯人は、事件発生後一期を過ぎているのに、なぜ本命の標的に手を出さないのか」

山路が問うた。

「ほとぼりが冷めるのを待っているのでしょう。間をおかず本命を殺害すれば、第一の被害者が誤殺であったことがわかってしまいます。犯人にとって捜査が誤った方角へ向かうのは望ましいことです」

笑声がおさまり、会議場の空気が緊迫した。

犯人は捜査が見当ちがいの方角へ逸れて行くのを凝っと見守りながら、本命の的に向かって牙を研いでいるかもしれない。

山路は反駁したが、棟居の着想そのものを否定しているわけではなかった。せめて山路が反論しなければ、これまで誤殺された被害者の身辺を必死に掘り起こしていた捜査員の面子が立たない。

棟居の着想は充分可能性がある。むしろ、気がつくのが遅きに失した感がある。

だが、あくまでも棟居個人のおもいつきにすぎず、誤殺という確証はない。被害者のこれまでの線は捜査を継続することにして、棟居説を視野に入れ、新たに捜査を展開することになった。

ＯＬ殺害事件が誤殺であったとしても、犯人の本来の的がどこにいるのかわからない。わかっていることは、後ろ姿が被害者とそっくりということだけである。まことに雲をつかむような話であった。

本命の的は、被害者の住居の近隣に住んでいるとは限らない。犯人が被害者の後ろ姿を誤認して尾行して来たとすれば、被害者の住所は本命の的の生活圏内にあるとは限らない。

仮に、本命の的の生活拠点が被害者の住所の近くにあると想定しても、界隈の若い女性すべてに、他人(ひと)から恨みを買うような心当たりはないかと尋ねまわることは不可能に近い。

だが、那須警部は、

「改めて本命の標的を探して、現場周辺の地取りだ。現場を中心に、近隣界隈に住む若い女という女はすべて当たれ。特にストレートの長い髪をした被害者(ガイシャ)と同年輩の女は見逃すな」

と檄(げき)を飛ばした。

「マスコミはどうしますか。我々が若い女を探して新たな聞き込みを始めたと知れば、誤認捜査を嗅ぎつけるかもしれませんが」

草場が問うた。

「まだ誤認や誤殺と確定したわけではない。あくまでも仮定だ。仮定としての捜査をいちいち発表する必要はない」

那須が言った。

仮定としても、捜査方針の大転換である。発表する前にマスコミが嗅ぎつけて、捜査がその第一歩から誤りであったことを暴けば、警察の信頼は失墜する。

だが、那須は本来の捜査とは試行錯誤の集積であり、夥(おびただ)しい仮定を一つ一つ消去(ツブ)して、最後に残された者が犯人であるとして、試行錯誤を重ねることを恐れていない。その過程には当然失敗が含まれている。マスコミとしても、誤認と確定しないものを、推測で報道はしないだろう。

棟居は、犯人が捜査本部の新たな動きを察知すればどう出るかとおもった。捜査方針の転換は、犯人に対する牽制（けんせい）になるかもしれないし、あるいは目的の達成（本命の殺害）を急がせることになるかもしれない。

もし棟居の着想が的を射て、ほとぼりが冷めるのを待っていた犯人を急がせるようなことがあれば、棟居の責任は重大である。

とりあえず区役所の住民基本台帳と、交番の案内簿に基づいて、地域内に居住する若い女性をリストアップした。住民登録をしていない者や、巡回連絡に協力しない者もいる。

また、この界隈に職場を持っている女性も除外できない。

犯人の本命の的が犯行現場の地域にまったく無関係の者であれば、捜査は最初から見当ちがいということになる。だが、捜査員はリストアップされた該当者を一人一人、根気よく当たっていった。

光る違和感

1

片倉宏は毎日通勤している玉川上水旧水路沿いの路上で、ＯＬが殺害されたというニュースにショックを受けた。

彼女が住んでいたアパートは、片倉の住居の近くでもある。報道された写真を見て、駅や近くのスーパーで彼女を何度も見かけたことがあるのをおもいだした。

優しげな、少し愁いを含んだような美人で、片倉の好きなタイプであった。駅やスーパーで何度か見かけたので、この界隈に住んでいるのであろうと見当をつけていたが、声をかけたことはない。片倉にはそんな勇気はない。

報道されて初めて、彼女の名前と、その住所を知った。遠方から密かに好意を寄せていた彼女が殺されるとは、予想もしていなかった。

彼女とは、駅やスーパーで見かける前に、どこかで会ったような気がした。その記憶をおもいだせない。他人の空似かもしれないが、被害者に似た人物に心当たりがない。

事件後、現場の路上は警察によってしばらく封鎖されていたが、間もなく解除された。毎日の通勤に、ＯＬが無惨な被害に遭った現場を通りながら、他人事ながら気の毒におもい、可能性に満ちた若い女性を殺した犯人を憎くおもった。

警察は、いまだ犯人についての手がかりすらつかめていないようである。現場の道路脇の旧水路には、水質がよいらしく鯉や金魚が泳いでいる。彼らは当夜の惨劇を目撃していたかもしれない。刑事たちは魚に心があれば、犯人をおしえてもらいたいところであろう。

事件後、休日で家に居合わせた片倉の許にも、刑事が聞き込みに来た。二人の刑事は、警視庁捜査一課の棟居と、代々木署の菅原と名乗った。

年配の菅原がいろいろと質問をして、三十代前半と見える精悍な風貌の棟居が、かたわらでメモを取った。質問の骨子は、犯行当夜、あるいはその前後、界隈で不審な者を見かけたり、あるいは悲鳴などを聞いたりしなかったかというものである。

特に心当たりはないと答えると、

「あなたはお宅から駅まで、どのようなコースを取っていますか」

と菅原が問うた。

「事件が起きた旧水路に沿ったあの道を通っています。ここからはあのコースが駅に最も近いのです」

菅原はうなずいた。

「この辺の方は皆さん、そうおっしゃっていますね。当日もあの道を通りましたか」

「はい、通りました」

「当夜、帰宅されたのは何時ごろでしたか」

「その日はわりあい仕事が早く終わりまして、七時ごろ帰宅しましたから、その少し前に通りました。夜間は寂しい道ですが、便利なので、早い時間帯はけっこう人通りがあります」

「事件後はどうですか」

「事件後しばらくは減りましたが、最近はまた元のように通っていますね。もっとも夜遅い時間帯になると、女性は敬遠しているようですが」

「女性もけっこうあの道を利用しているようですね」

「なんと言っても駅に出るのに便利ですからね。それに、車は通らないし、景色もいい……」

「景色?」

菅原が不思議そうな目を向けた。

現場周辺は旧水路に沿っているだけで、軒を接したアパートや民家の裏側になっており、旧水路に面して金網が張りめぐらされている、どちらかと言えば殺風景な場所である。

「水路には鯉や金魚が泳いでいます。もっとも金魚は近所の人が放したんだとおもいますが」

「なるほど、魚が泳いでいますな。それに、そう言われてみれば、水路の眺めはなかなか趣きがあります」

菅原がまたうなずいた。棟居は表情を動かさずにメモを取っている。片倉は、刑事はこんなことまでメモを取るのかとおもった。

「刑事さん、まだ犯人の手がかりはつかめないのですか」

片倉は問い返した。

「捜査中です」

菅原はにべもなく答えた。

「この界隈は山手と下町の雰囲気が混じっているようなところで、便利なわりに静かで、住みよいところです。痴漢が出そうな場所がけっこうあるのに、出たという話を聞いたこともなく、女性も夜間、安心して歩けました。いまは女性が夜の一人歩きを怖がっています。犯人が一日も早く捕まるように祈っています」

「女性が安心して一人歩きできるように、我々も全力を尽くしています。犯人は新たな犯行に及ぶかもしれません。もし、なにかお気づきの点がありましたら、我々にご連絡くださ い」

と刑事は言い残して、辞去して行った。

そのときはなにげなく聞き過ごしていたが、二人が立ち去ってから時間が経過するほどに、菅原が言い残した言葉が片倉の意識の中で次第に比重を増してきた。

「犯人は新たな犯行に及ぶかもしれない」と菅原は言った。すると、犯人は川島洋子だけを狙ったわけではなかったのか。たまたま通り合わせた人間を無差別に襲撃する通り魔なのか。

しかし、通り魔であれば、深夜寂しい路上で女性を待ち伏せ、あるいは追跡して殺さずとも、人と時間と場所を選ばず、手当たり次第（アットランダム）に殺傷するはずである。

報道によると、川島洋子の殺害事件は計画的なようである。犯人は新たな犯行を計画しているというのであろうか。もし女性が菅原の言葉を聞いたら、怯（おび）えるであろう。

片倉は自ら思案したことに、はっとした。菅原が警告した「新たな犯行」は、必ずしも女性を対象にしていると言明していなかった。だが、菅原が片倉に洩らしたのは、彼が男であったからかもしれない。つまり、菅原が洩らした「新たな犯行」は、対象を女性だけに限定していたのかもしれない。

犯人はこの界隈で、第一被害者と同じような若い女性を新たな獲物として狙っているのであろうか。もしそうだとすれば、なぜか。

片倉は自分の思案を見つめた。若い女性だけを狙う連続殺人鬼……べつに特定の女性に恨みがあるわけではなく、若い女性を殺傷することに快感（カタルシス）をおぼえる。そのような変質者が犯人なのであろうか。

だとすれば、警察はなぜ一人の被害者から連続犯行を予想したのであろうか。犯人が次の犯行を予告しているにもかかわらず、社会不安を抑えるために警察が秘匿しているのだろうか。秘匿情報であれば、片倉に洩らすはずがない。

女性には洩らさない情報を男の片倉に洩らしたとすれば、犯人の新たな犯行の対象は女性にある。片倉の思案は堂々巡りした。

女性だけを対象とする連続犯行を、捜査陣はどうして予測できたのか。片倉の思案が次第に凝固してきた。

煮つまった一点を凝視していた片倉は、一瞬、閃いた発想にはっとなった。

もしかしたら犯人は、被害者を誤って殺したのではないのか。現場は照明が乏しかった。深夜、暗がりの中で犯人が被害者を見まちがえて殺した可能性はある。とすると、犯人はまだ目的を達していない。菅原の言葉は、その辺の事情を示唆したのではあるまいか。

一触の発想は、速やかに具体的な輪郭を取った。

当初、捜査の網は被害者を中心として張りめぐらされた。だが、いくら洗っても被害者の周辺からは怪しい者は浮かび上がらない。

捜査に一向に進展が見られなかったのは、捜査の方向が最初から誤っていたからであろう。警察はようやく誤殺の可能性に気がついて、捜査方針を転換した。

だが、刑事の一言の示唆から組み立てた片倉の憶測にすぎない。仮に、犯人が被害者をまちがえたとすれば、犯人の真の的は、同じ年配の容姿がよく似た若い女性にちがいない。そして、その女性はこの界隈に住んでいる可能性が大きいということになる。

もし犯人の真の標的である女性が事件を知れば、犯人の人ちがいに気がつくのではないのか。多少とも心当たりがあるなら、犯人が自分を狙ってまちがって他の人間を殺してしまったことに気がつくはずである。気がついていれば、彼女は怯えているであろう。

彼女はなぜ名乗り出て警察に保護を求めないのか。おそらく本人は、自分が狙われていることに気がついていないのであろう。あるいは気がついていても名乗り出られない事情があるのか。片倉の想像はますます脹らんできた。

だが、彼の想像もそこまでであった。

2

片倉はその後も、結婚相談所の主催する見合いパーティに参加した。もしかすると、仁科里美にまた会えるかもしれないという淡い希望を抱いていた。

だが、里美は片倉のプロポーズ以後、パーティに現われなくなった。プロフィールに記載された電話番号に連絡しても、留守番電話のメッセージが応答するばかりである。

あきらめきれずに、片倉はプロフィールの住所に訪ねて行ったが、そこに該当者は存在しなかった。きっと彼女は相談所のサクラをやめたのであろう。

だが、片倉は一縷(いちる)の望みを捨てることができない。きっと彼女はまたパーティに姿を見せるであろう。里美の面影を追って、未練がましくパーティに出席していた片倉は、カップリングとまではいかないまでも、高野史恵(たかのふみえ)という女性と珍しく会話が弾んだ。話題が豊富で面白い。

派手なマスクで、彼女の周りにはいつも男が叢(むら)がっている。顔形や雰囲気は異なるが、束の間、仁科里美のおもかげとオーバーラップした。その彼女が、どうして片倉にアプローチして来たのかわからない。彼女も仁科里美同様のサクラであるかもしれないとおもった。

プロフィールによると、彼女は大手生命保険会社の社員である。生命保険のセールスに来ているのかもしれないとおもったが、彼女は保険については一言もしゃべらない。政治、経済の堅い話から、スポーツ、芸能、シティー情報に至るまで、実に広範な知識を持っていて、セールスレディーで鍛えたらしい巧みな話術を駆使して、聞く者を飽きさせない。

だが、里美とちがって、話題が盛り上がっても、どこかに溶け合わない部分があった。会話が弾んで楽しく盛り上がっても、違和感の芯(しん)がある。それは片倉の一方的な印象かもしれない。あるいは心の祭壇に祀った里美をサクラと知って、女性に対して心要以上に警戒しているのかもしれない。

話題は街のグルメ情報となって、史恵は今度は街の美味(おい)しいお店に案内しますから、そこでデートしませんかと誘いをかけてきた。

「あなたと一緒に食事ができるなんて、光栄ですね」

片倉は喜んだが、心の一隅で少し困っていた。いまはパーティ会場なので、ワン・オブ・ゼムとして言葉を交わせるが、これが街で一対一となって向かい合った場合、彼女の話題についていけるかどうか不安であった。

里美とデートしたときは、そのような不安はまったくなかった。彼の意識の奥に残っている違和感の芯が、二人だけのデートに障害となって立ち上がってくるのではないだろうか。

そんな片倉の心を見透かすように、史恵は彼の目を覗き込みながら、

「片倉さんって、いい目をしているわね」

と言った。

「いい目?」

そんなことを女性から言われた経験がなかった片倉は、一瞬きょとんとした。仁科里美も言ったことがなかった。

「目がきらきらしているわ。私、片倉さんのような目を持っている人たちのグループに入っているので、よくわかるのよ」

「目がきらきらする集団……なんだか猫みたいですね」

「茶化さないで。皆さん、素晴らしい目をした人たちばかりなの。一度、片倉さんもその集まりに出席してみませんか。きっと新しい人生が開けるわよ」

高野史恵は片倉に顔を寄せるようにして誘った。かたわらから見れば、愛をささやき合っているように見えるかもしれない。

「私はそんな目をしていませんよ。きっと場ちがいの人間になります」

「いいえ、片倉さんこそ、最もふさわしい人だわ。心が目に反映しているのよ。私たちきっと、同じ心を持っているにちがいないわ」

史恵は片倉を一直線に見つめた。

そのとき、彼女の目がきらりと光ったような気がした。男殺しの目であるが、片倉には違和感の芯が光ったような気がした。

3

高野史恵にしつこく誘われて、片倉は光る目の人たちの集会に参加した。違和感はあったが、高野史恵にも少し興味があった。彼女に誘われて集会に出たメンバーもいるらしい。

ある私鉄の駅で待ち合わせた片倉は、史恵に案内されて、世田谷区の奥まった住宅街にあるマンションへ連れられて行った。

二十畳ほどのマンションの一室には、すでに十数名の人たちが集まっていた。女性の方がやや多い。二十代前半から、かなりの年配の人までいる。

外国人が数人いた。なにをしている人たちかまったくわからない。共通項のまったくないような人たちがけっこう親しげに話し合っている。外国人も流暢な日本語を操っている。

史恵に案内されて片倉が入って行くと、一同の視線が集まった。新入りに向ける好奇の視線であったが、片倉は束の間、圧力のようなものをおぼえてたじろいだ。

彼らの目が、史恵の言うように、特にきらきら輝いているようには見えなかったが、見知らぬ者に対する警戒があるように感じられた。だが、悪意はない。

「この度、私たちのお仲間になることになった片倉さんをご紹介します」

史恵が彼を一同に紹介した。片倉は仲間になると言ったおぼえはないが、史恵の紹介を否定してもしらけるので、

「片倉と申します。どうぞよろしくお願いします」

と素直に頭を下げた。一同の間からパチパチと拍手が起きた。

片倉の後からさらに数人、すでに〝仲間〟のような人たちが到着して、どうやら全員集まった気配であった。

一同の中からリーダーらしい五十年配の恰幅のよい男が立ち上がった。

「今夜は片倉さんを新しいお仲間にお迎えして、ますますこの集まりが充実したものになるとおもいます。片倉さんがいらっしゃったので改めて申し上げますが、この集まりは、特になにを目的にしているというものではありません。この集まりにはタブーはありません。も

の言わねば腹脹(ふく)ると申します。日々発生する凶悪犯罪、厳しい生活と仕事、失われた人と人とのつながり、信ずるものを見失った精神の荒廃、現代はなにをよすがに生きるべきか混沌(こんとん)としている時代です。このような世相で、人間をたがいに信じ合って生きようとする人たちが、ここに集まりました。

おもうこと、心に溜まっていること、捌(は)け口のない鬱憤(うっぷん)、怒りや恨みや憎しみ、なんでもけっこうですから、この場で吐き出してください。ここは皆さんの心身に溜まった毒素を吐き出すところです。ここで日常生活の毒を洗い落としてください」

リーダーの発言の後、主婦体(てい)の女性が立ち上がって、

「この世は闇です、毒です、危険です。世界はいま、悪魔に乗っ取られようとしています。信じられるのは私たち同士だけです。同志を増やして、悪魔からこの世界を取り戻しましょう」

と呼びかけた。

つづいて、

「悪魔から世界を取り戻そう」

と一同がシュプレヒコールした。

そのとき、集まった人たちの目が、なにものかに取り憑(つ)かれたかのように光って見えた。

なにか異様な雰囲気であった。

シュプレヒコールが終わると、フリートーキングに入った。一同、車座（くるまざ）になって、リーダーが言ったように、政治に対する不満や、会社の上司の悪口、迷惑な隣人、生活苦、病苦、家族の不和、人間関係の悩み、経済問題、恋愛、性の悩みなど、それぞれがしゃべった。それに対してリーダーもその他の出席者も発言はしない。ただ、聞いているだけである。しゃべり終わった人間はさばさばした表情になった。

一人が話し終わると拍手が湧（わ）いて、次の話者が立った。ただ話を聞いて拍手をするだけで、意見や解決策が提示されるわけではない。

世界を敵にして戦うような勇ましいシュプレヒコールに対して、愚痴（ぐち）のこぼし合いのような雰囲気になった。

東南アジア系の外国人が、日本での労働差別を訴えた後、リーダーが、片倉に向かって、

「片倉さん、あなたもなにか一言、話していただけませんか」

と水を向けた。片倉が突然の指名に面食らっていると、史恵が、

「彼女を探しているお話をなさったらいかが」

と鎌（かま）をかけるように言った。

「彼女を探しているとは、どういうことですか」

片倉は一瞬ぎょっとなって問い返した。

「お隠しになってもだめ。私にはちゃんとわかっているんだから。片倉さんがパーティに出

席なさるのは、だれかを探しているからでしょう」

「どうしてそんなことがわかるのですか」

片倉は驚いた。

「そんなことわかるわよ。片倉さんの目を見れば。あなたはいつも会場でだれかを探しているわ。私の顔を見ていても、ほかの女性を探しているわ。よほど気に入った人がいるのね。その人、もしかして私に少し似ているんじゃないかしら。悔しいわあ。そのお話をなされば」

「高野さん、片倉さんのかわりに、もう充分話しているよ」

だれかが茶々を入れた。一同がどっと沸いた。

さらに出席者が次々に発言したが、それぞれが直面している問題をかこち、話し終わると、一同が拍手をするというパターンであった。

このような形で、この夜の会合は終わった。リーダーが次の会合の予定日を告げて、散会になった。なんの結論もなく、目的も不明な、まことに奇妙な会合であった。

「今夜は小隊の集会なのよ。この上に中隊、大隊、連隊の集会があって、年に一回、全国総会があるの。総会には日本全国と世界から二万人ほどの同士が集まるのよ」

帰途、史恵が言った。

「なんだか、軍隊みたいですね」

「そうね。今夜の集まりのリーダーは小隊長よ。その上に中隊長、大隊長、連隊長、旅団長、師団長までいるのよ」

「一体、なんの集団なのですか。会の目的がはっきりしませんが」

「最初のほうに言ったでしょう。社会の悪に対して戦うのよ。一人では戦えないので、同士が結束しているの」

「戦っているようには見えませんが」

「戦いはこれからだわ。いまは同士を集めているところなの。信頼できる人たちを呼び集めて、悪に対抗できる戦力を養っているの。片倉さんも今夜から同士よ。これからも集会に出席してね」

高野史恵は粘りけを帯びた声で言った。

片倉は駅で史恵と別れた。べつに不愉快ではなかったが、狐につままれたような集まりであった。会合目的の曖昧さが違和感となって、片倉の心に残った。

ある発想が閃いたのは、高野史恵と別れた後である。片倉は凝然として、意識の一瞬の閃きが照らし出したものを見つめた。

史恵は、自分がもしかしたら片倉の探している女性に似ているのではないのかしらと言った。たしかに史恵に会ったとき、顔形や性格はあまり似ていなかったが、仁科里美を連想した。史恵のどこかに里美をおもわせるような雰囲気があったのかもしれない。

刑事の一言から、片倉は界隈で殺害されたOLが、犯人の人ちがいによるものではないかと推測した。

被害者の報道写真を見たとき、以前、どこかで出会っているような既視感（デジャビュ）をおぼえた。片倉はそれを近所に住んでいたので、近くの路上や駅やスーパーなどですれちがったのではないかと考えた。

だが、片倉のデジャビュの底で、もっと以前に出会ったような気がした。つまり、二重のデジャビュをおぼえたのである。

史恵から仁科里美を連想したように、被害者の顔写真の下敷きに、仁科里美が潜んでいたのではないだろうか。顔写真だけでは判断がつきかねるが、被害者の容姿、特に後ろ姿が里美に似ていたのではないのか。

もし犯人が被害者と仁科里美を誤認したとすれば、里美もまた現場界隈に関係のある状況を示す。犯人としても、ただ容姿が似ていたというだけでは誤認しないであろう。里美の生活圏が現場界隈にあって、犯人が待ち伏せていたのではないのか。

だが、里美の生活圏がこの界隈にあったとは聞いていない。プロフィールに記載されていた彼女の住所は虚偽であったが、片倉の住所と彼女の生活圏が重なっていれば、何度かデートした間にわかったはずである。

里美は片倉のプロフィールから彼の住所を知っている。プロフィールに虚偽住所を記載していた里美としては、彼女の生活圏が片倉の住所と重なっていれば、彼を敬遠したはずである。片倉からプロポーズされて逃げ出しても、同じ界隈に住んでいれば、顔を合わせる可能性がある。

ここまで思案を追ってきた片倉は、はっとした。もしかすると、里美は片倉を訪ねて来たのではないのか。

片倉のプロポーズを断ったものの、彼を忘れかねた里美は、片倉の住所を訪ねて来た。何度か訪ねては来たものの、彼の家のドアをノックすることができなかった。そこを犯人に目撃された。

片倉は事件の報道記事を集められる限り集めた。被害者の報道写真はおおむね同一であったが、週刊誌がOL殺害事件を特集して、彼女の生前の数枚のスナップを掲載していた。

その中の一枚、街角で撮影したらしいスナップが、片倉がどきりと胸を衝かれたほど、仁科里美に似ていた。街角にたたずみ、目を遠方に向けている横顔が里美そのものである。片倉は犯人が里美とまちがえて被害者を誤殺したことを確信した。

犯人は人ちがいにとうに気づいているはずである。犯人はまだ目的を達していない。仁科里美をこれから襲う可能性は充分にある。

里美は自分が狙われていることに気がついているのであろうか。もし気がついていれば、被害者が自分のかわりに殺された事情を知っているはずである。

彼女はなぜそのことを黙秘しているのか。命を狙われていることを秘匿しなければならない事情があるのか。

それにしても、無関係の人物が自分のかわりに殺されたのである。里美が事件を知っていれば、なんらかの反応をすべきである。反応できないよほどの事情があるのか、事件を自分とは無関係と見ているのかもしれない。

生命を狙われている里美は、その事実を認識していないかもしれない。

刑事の一言から組み立てた片倉の勝手な憶測であるが、仁科里美が直面しているかもしれない危機から彼女を守るためには、警察に通報すべきであると片倉は考えた。

身分証明のないデート

1

片倉宏から提供された情報は、棟居と菅原を驚かせた。素人の推測にすぎないが、菅原が洩らした一言から組み立てた片倉の推理は、まさに捜査本部の新しい捜査方針と一致している。

「犯人が被害者と仁科里美さんという女性をまちがえたとするあなたの根拠はなんですか」

「里美さんは被害者に似ています。暗い現場で川島さんと里美さんをまちがえたのだとおもいます」

「ただ似ているというだけでは、根拠が薄弱ですね」

棟居はにべもなく言った。

「捜査本部もそのように見ているのではありませんか」

片倉は転換した捜査方針を的確についてきた。

「そのほかに、あなたが仁科さんとまちがえたと推測する理由はありませんか」

「私の家が川島さんの家の近くだということです。里美さんは私の家を訪ねて来た場面を犯人に見られて、待ち伏せされたのではないかとおもいます」

「あなたの家をしばしば訪ねて来るような親しいご関係なのですか」

「いえ、それほど親しいというわけではありませんが、彼女とは個人的に何度かデートをしたことがありまして……」

片倉の歯切れが悪くなった。

「デートをしたのであれば、かなり親しいご関係だったのではありませんか」

「実は、彼女にプロポーズして、断られたのです」

「あなたの家を何度も訪ねて来ながら、プロポーズは断ったのですね」

棟居が訝しげに問うた。

「彼女が実際に私の家を訪ねて来たかどうかは確かめていません。たぶん訪ねて来たのではないかと推測したのです」

「よく意味がわかりませんね」

片倉は結婚相談所主催のお見合いパーティで仁科里美と知り合い、プロポーズしたところ、彼女が相談所に雇われたサクラであり、すでに結婚していると告白した経緯を話した。

「それなのに、なぜ彼女があなたの家を訪ねて来るのですか」

「彼女は私と結婚できない理由を打ち明けてくれましたが、私のことを好きだと言いました。

プロポーズを断ったものの、なにか用事があって訪ねて来たのかもしれません」

「つまり、仁科さんはあなたに未練があって、あなたの家を訪ねて来たものの、会わずに帰ったという推測ですね」

「未練があったかどうかわかりませんが、とにかくなにかの理由があって、私を訪ねて来たのかもしれません」

「あなたの着想には大変興味があります。仁科さんの住所はご存じですか」

「それが……プロフィールに記載されていた住所に該当者はいません。仁科さんは偽りの住所をプロフィールに記載していたのです」

「それでは名前も本名かどうかわかりませんね」

「でも、結婚相談所に問い合わせればわかるとおもいます。私が問い合わせても、相談所はプロフィールにある以上のことはおしえてくれません」

「ご協力を感謝します。また、なにかありましたらご連絡ください」

棟居は感謝の意を表明した。

片倉情報に基づいて、棟居と菅原は結婚相談所「エスパウズ」へ足を延ばした。

「エスパウズ」は四谷三丁目のビルにあった。八階建ての瀟洒なビルの一、二階を占めている。

玄関を入ると、落ち着いたインテリアのゆったりしたスペースにソファーが配され、ホテルのフロントのような受付カウンターがある。シティーホテルのロビーのような雰囲気である。

出会いの機会を求めて来たらしい男女に、カウンターやロビーで所員が熱心に説明している。繁盛しているようである。

棟居と菅原がカウンターに立って警察手帳を示し、ちょっと聞きたいことがあると伝えると、所員の顔が改まって、

「どんなご用件でしょうか」

と問い返した。

棟居が片倉から提供された仁科里美のプロフィールを差し出して、

「この方にお会いしたいのですが、住所をおしえていただけませんか」

と用件を伝えた。

「会員の住所はそのプロフィールに記載されている通りでございます」

所員は紋切り型の返事をした。

「実は、この住所を当たったところ、該当者は存在しませんでした。我々はこの仁科里美さんが、こちらの相談所が見合いパーティ用に雇った臨時会員（サクラ）であることを知っています」

棟居が調べはついているぞというように言った。

所員は表情を緊張させると、

「少々お待ちくださいませ」

と言って、カウンターの奥のオフィスに引っ込み、責任者らしい男を連れて引き返して来た。責任者は所長の肩書と姉川（あねがわ）という名前の入った名刺を差し出して、ＶＩＰ用らしい応接コーナーへ二人を案内した。

応接コーナーで向かい合った姉川は、薄い色の入ったサングラスの奥から二人の刑事を観察しながら、

「仁科さんがどのように申し上げたか知りませんが、私どもでは臨時会員は一切置いていません。私どもでは会員の申告に基づいてプロフィールを作成し、ご紹介しているだけでございます」

と慇懃（いんぎん）ではあるが、構えた口調で答えた。

「プロフィールの住所に仁科里美という女性は存在しません。こちらの相談所では会員の住所、氏名の確認はしないのですか」

「私どもはご本人の申告に基づいてプロフィールを掲載しています」

姉川は言った。

「掲載に際して、本人の身分証明は求めないのですか」

「もちろん求めています。運転免許証や保険証の写し、また独身を証明できるもの、卒業証明書などを随時提出していただいております」

「随時といいますと……」

「それは……申込者によりましては、お手許(てもと)に身分を証明するものがなかったり、卒業証明書をすぐに取れない方もいらっしゃいますので」

所長の歯切れが悪くなった。

「身分証明がないというのはどういうことでしょうか」

「車の運転をしない方もいらっしゃいますし、保険証をたまたま紛失していたり、住民登録をまだされていない方もいらっしゃいますので」

「申込要項を見ますと、男性は一万円、女性は三千円の申込金を添え、掲載申込書に個人データを記入して、現金書留封筒で郵送するようにと書かれていますが、身分証明の同封についてはなんの指示もありませんね」

「身分証明はプロフィール掲載の編集過程で、掲載希望者に随時提出していただくことになっています」

姉川は同じ言葉を繰り返した。

「すると、身分証明が提出されなかったときは、申込金を返して、掲載をしないのですか」

「い、いえ、申込金はいかなる理由があろうとも、お返しいたしません」

「とすると、身分証明が提出されなくとも掲載するのですか」

「身分証明が発行に間に合わないこともありますので、提出予定ということで掲載されます」

「掲載された後、提出されない場合はどうするのですか」

「これは当所といたしましても、提出を強制することはできませんので……」

「つまり、身分証明のないまま掲載されるということですね」

「そのようなケースはあまりございません」

「しかし、ないことはない」

「はあ」

姉川は仕方なさそうに答えた。

「身分証明のないまま掲載されたプロフィールには、偽名や偽住所、また偽のデータも書き込めるわけですね」

「そういうことになりましょうが、そういう申込者はめったにございません」

「しかし、登録番号二万九三〇八番の仁科里美さんは、プロフィールおよび身上書に記載された住所に存在しませんよ。仁科里美なる女性は、おたくの会員の片倉宏さんと何度か個人的にデートをして、本人はすでに結婚していること、またこちらの相談所にサクラとして雇われたことを告白したそうです」

「仁科さんがなんと申されたか知りませんが、当所ではサクラを雇ったことはございません。私どもで発行している結婚情報誌の掲載申込書と身上書に記載されたデータに基づいて、プロフィールを作成しております。申込者の個人データをいちいち確認することは不可能なので、申込書の記入を信用する以外にありません」

姉川は同じ言葉を反復してサクラを雇っていないことを主張した。

「しかし、それでは結婚詐欺や男女間のトラブルが発生した場合に、困るのではありませんか」

「私どもはあくまでもお二人にチャンスをつかんでいただくお手伝いをしているだけでございます。調査機関ではありません。お見合いをした後の成り行きについては、ご両人の判断と責任になります」

姉川は責任という言葉を強調した。

「申し込みに際して、保険証や郵便物などの提示を求めてはいかがですか」

棟居は食い下がった。

「私どもには身分証明を求める権利がございません。それに申込者のプライバシーには踏み込まないことにしておりますので」

姉川はのらりくらりとした口調で、棟居の追及を躱した。

たしかに繁盛しているらしい結婚相談所の申込者をいちいち身許調べすることは、不可能に近いであろう。刑事らは念のために、申込書と身上書を見せてもらった。

雑誌にプロフィールを掲載希望の者は、この申込書と身上書に個人データを記入することになっている。

身上書には氏名、住所、本籍、職業、会社名はもちろん、身体の特徴や、喫煙、飲酒の習慣の有無、またその量、眼鏡着用の有無、趣味、嗜好品、求めるパートナー像など、かなり詳細にわたって記入項目がある。

申込書では写真付き、あるいは写真なしの掲載希望を選択できる。身分証明は一切求められていない。

「俗に仲人口と言いますが、これでは好き勝手なことを記入できますな」

菅原がささやいた。

「偽名、変名、偽住所、他人の写真を貼りつけてもわかりませんね」

棟居がうなずいた。

雑誌のプロフィールには、ほぼ六対四の割合で写真が添付されている。女性の写真が圧倒的に多い。生年月日を見ると、大正末期や昭和初期から昭和末期まで広範にわたる。

「大正とは凄いな」

菅原が感嘆したような口調で言った。

だが、プロフィールには住所は都道府県名しか記載されていない。この点を所長に問うと、

「誌上にプロフィールが掲載されますと、読者から本誌の中に綴じ込まれていますアクセスペーパーと呼ぶ見合い申込書が、私どものところへ多数送られてまいります。掲載者はその

中から気に入った方を選んで写真を郵送し、お見合いということになります。プライバシーはお見合いのご両人の間で守られるように配慮しております」

　姉川が説明した。

「片倉さんから、仁科さんはパーティの人気者で、常に周囲に男性出席者が群がっていたと聞いていますが、片倉さん以外に仁科さんにプロポーズした男性、また個人的な見合いをした男性はいませんか」

「仁科さんとカップリングに成功したのは片倉さんお一人です。しかし、見合い以外の場所で意気投合してデートをした場合は、当所の関知するところではありません」

　姉川は巧妙に言い逃れた。

「川島洋子さんという名前に心当たりがありますか」

　棟居にかわって菅原が問うた。

「かわしまようこ、当所の会員ですか」

　姉川が問い返した。面（おもて）に特に反応は見えない。特に演技しているようにも見えない。

「わかりません」

「調べてもらえますか」

　菅原がメモに川島洋子と書いて姉川に示した。

「きみ」

姉川はかたわらの所員に目配せした。所員がデスク上のパソコンの検索キーを叩いて、

「そのお名前の会員は登録されておりません」

と答えた。

「川島洋子さんとおっしゃる方が、当所になにか関係があるのですか」

所員の報告につづいて、姉川が問うた。

「捜査の機密なので詳しくは申し上げられませんが、仁科里美さんには生命の危険があると考えられます。事は人命に関わっています。仁科さんと多少とも関わりのあった男性について心当たりがありましたら、ご協力いただきたい」

生命の危険と聞いて、姉川の顔色が改まったが、

「ただいまも申し上げましたように、特におもい当たることはございません。私どもは人生のパートナーを探しておられる方々のために、機会を提供しているだけでございまして、それ以上には踏み込みません」

と繰り返した。

結局、それ以上のことは姉川から聞き出せなかった。刑事としても、被害者が誤殺されたのかどうか確かめられたわけではなく、推測に基づく聞き込みであるだけに、突っ込んだ質問のできないところが辛い。

「あの相談所はサクラを使っていますね」

帰途、菅原が言った。

「私もそうおもいました。サクラですから、身分証明も不要でしょう。サクラにしても、結婚していながら相談所のサクラとしてアルバイトをしていることを旦那に知られたくない。名前と住所を偽るのは当然でしょうね」

「エスパウズも偽名であるのを承知で雇っていたのでしょう」

「しかし、サクラがどうして片倉とのデートに応じたりしたのでしょうかな」

「片倉が言っていたでしょう。仁科は片倉を好きだと言ったと。人間ですから、サクラも心が傾いたんでしょうね」

「プロポーズされて、自分が結婚している事実を男に告げた後、わざわざ男の住居を訪ねて行くでしょうか」

「その辺のところは当人に聞いてみないことにはなんとも言えません。男と女のことは当人同士でないとわかりませんからね」

片倉の発想と通報は捜査に貢献しなかった。結局、仁科里美の消息は結婚相談所止まりに終わった。

2

捜査本部では片倉情報に懐疑的であった。もともと棟居が唱えた誤殺説に特に根拠があるわけではなかった。

片倉のタレコミは棟居の着眼を支援するものであったが、犯人の本来の標的とされた被害者に似ている女性を、仁科里美に特定する根拠が薄弱である。似ている女性はいくらでもいるというわけである。

「仁科里美が事件後、結婚相談所から消えたのは、彼女が危険を察知したからではないでしょうか」

棟居は言った。

「サクラなんだから、いつやめても不思議はないだろう」

山路が言った。

「事件後、消えたのが気になります。サクラであれば、事件後もパーティに現われてもよいはずです」

「それは片倉にプロポーズされて、断ったからじゃないのかね。パーティで片倉に出会うのが辛くて、敷居が高くなったのかもしれない」

「片倉の家を訪ねて来るほどであれば、パーティを敬遠する必要はありません」

「片倉の家を訪ねて来たとは確認されていないんだろう」

「確認はされていませんが、片倉の家が犯行現場の近くにあるということは、彼女が事件後、相談所（エスパウズ）から姿を消したことと相まって、犯人の標的が仁科里美であったという状況証拠になります」

棟居は主張した。

すでに捜査本部は誤殺ということで捜査方針を転換している。片倉情報は捜査に貢献はしないものの、棟居説を一歩進めるものであった。

乱開発暴力団

1

笹塚駅で電車から降りた片倉は、乗降口ですれちがった一人の男から、記憶に刺激を受けた。先方は片倉に気がつかなかったらしい。五十年配のサラリーマン体の男である。目立つ特徴はないが、乗降口ですれちがった一瞬の相手の横顔に記憶があった。どこかで、それも最近、彼に会っている。

片倉が振り返って記憶を探っている間に、その男は空席に座って、手に提げていた鞄から書類のようなものを取り出した。

乗降ドアが閉まって電車は動き出した。男は書類からふと目を外して、考えごとをするように、あらぬ方角を見た。その一瞬の表情に片倉の記憶がよみがえった。

「集会のリーダーだ」

おもわず声を発した片倉に、同じ電車から降りて来たホームの乗客が訝しげな視線を向けた。

高野史恵に連れられて出席した、目的不明の集まりのリーダー株の男が、片倉とすれちがうようにして電車に乗って行った。

あの男がこの界隈に関わりがあるのか。片倉はこの界隈の古株住人であるが、彼を見かけたのはいまが初めてである。

新宿新都心の膨張を反映して、笹塚も急激に賑やかになった。企業や事業所も増えており、この界隈に生活の拠点を持っている人々が顔を合わせなくても不思議はない。あるいは一時的な所用があって立ち寄ったのかもしれない。

それにしても少し前、高野史恵に誘われるまま、なにげなく出席した集会のリーダーに偶然再会したことに、片倉は奇縁をおぼえた。また集会に出席すれば彼に会えるであろうが、片倉にはもうその気はない。

だが、彼にはまたどこかで出会うような気がした。

2

その後、社用で九州方面へ出張した片倉は、数日ぶりに自宅から出勤する朝、いつもの通勤コースで、水路の中に鯉の姿が見えないことに気がついた。金魚もいないようである。

毎朝、見慣れているものが見えないと寂しい。その辺の石や草の陰にいるのだろうと自分に説明しながら、駅へ急いだ。出勤途上のサラリーマンには、魚を探している暇はない。
夜の帰路は暗くなって、魚影を確かめることができない。だが、翌朝も鯉は見えなかった。

不審におもっていると、ちょうど近くの家から住人が出て来た。

「鯉が見えませんね」

片倉はおもいきって声をかけた。

「ああ、三、四日前に浮いていたんですよ。いままでそんなことはなかったのに、朝、水面に腹を見せて浮かび上がっていたので、びっくりしました。上流からなにか悪いものが流れて来たんでしょうかね。せっかく鯉や金魚が棲(す)みついたと喜んでいたのに」

「金魚も死んでしまったのですか」

「魚はみんな死んでしまいました。きっとほかの生き物も死んだとおもいますよ」

「浮いた魚はどうしましたか」

「近所のだれかが、区役所に連絡して、死んだ魚を片づけてもらいました」

「魚が浮いた原因は調べたのですか」

「さあ、そこまでは聞いていません」

住人は所用で出かけるらしく、ちょっと頭を下げて片倉に背を向けた。片倉もそれ以上、魚の行方を詮索(せんさく)する余裕がない。

その日出社後も、通勤経路に沿った水路に浮上したという魚影が、片倉の意識にこびりついて離れなかった。これまで元気に泳いでいた鯉や金魚が突然浮上したということは、その生活環境になんらかの異変が起きた証拠である。

住人は上流からなにか悪いものが流れて来たのだろうと言っていたが、区は死魚の処理後、水質検査をしたであろうか。

上流には魚の浮上原因となるような産業廃棄物を流す企業や事業所は見当たらない。それに上流は、間もなく世田谷区に入り、ほとんど暗渠となってしまう。

鯉が浮いた水路は、玉川上水の分水の一つで、現在残されているわずかな開渠部分である。最も考えられるのは、わずかな開渠部分から有害物質が水路に投じられた可能性である。

有害物質として可能性が高いのは、一般家庭からの生活排水である。だが、これまで元気に泳いでいた魚が突然浮上するような有害物質が、一般家庭から垂れ流されたとは考えにくい。一般家庭でも燐を含む合成洗剤の使用を止めるようにしている。それに生活排水は水路に出ないはずである。

気になった片倉は都に問い合わせた。河川を管轄するのは都の、正式には東京都環境局環境評価部広域監視課水質異常事故担当である。

都内の河川に浮上した魚は、ゴミとして区の清掃事務所が処分するが、これまで元気にしていた魚が突然死んだので、水質異常事故担当に報告された。担当の回答は、たしかに数日前、該当地域の住人から魚が浮上したという通報を受け、斃魚（死魚）を回収し水路の水をサンプルに採って水質検査をしたが、特に有害物質を検出できなかったというものであった。

これまで河川の魚の浮上事故の原因は、夏季における環境の富栄養化による酸欠、また事業所の作業ミスによる有害物質の流出が多かった。

富栄養化とは、閉鎖性の湖沼や、内湾の水域に窒素、燐等の栄養塩類が多量に流れ込み、蓄積されて、水質が悪化し、赤潮やアオコ、有毒藻類などが発生して、魚介類に被害をあたえることである。だが、水路は閉鎖性ではない。

仮に有害物質が放流されたとしても、放流口から水域に流下中、少なくとも十分の一以下に希釈されるという前提に立って、環境基準の十倍の濃度の有害排水であっても、環境基準は保たれると考えられている。

鯉を浮上させた有害物質は、サンプルを採ったときは、すでに希釈されながら流下してしまった後である可能性もある。

片倉は水路の地域の詳細図を購入して、その界隈に有害物質を排出しそうな企業や事業所の有無を調べた。

特に注意したのは病・医院、各種研究所、各種畜舎、旅館、金属製品製造業、写真業などである。

地図で見た限りでは、魚類に影響をあたえるような有害物質を排出する事業所は見当たらない。はるか上流の開渠部から排出されたとすれば、上流においても同様の問題が生じているはずである。

世田谷区に問い合わせても、魚の浮上は報告されていないということであった。つまり、現場における鯉の浮上は、一時的な有害物質の排出に伴うものと推測される。

だが、片倉は釈然としなかった。まったく合理的な根拠はないが、犯行現場の唯一の目撃者（魚）と目される鯉や金魚が、事件後間もなく浮上したことに、犯人がその口を塞いだような気がする。

ただ一回のわずかなサンプルによる検査では、有害物質は検出されないことがある。また測定項目も有害物質だけに限らず、化学的酸素要求量（COD）や生物化学的酸素要求量（BOD）など、生活環境項目も調べなければならない。河川の場合は一日に数回の測定を実施しないと、測定効果は上がらない。

片倉は自分を納得させるために、独自に水質を測定することをおもい立った。

鯉の浮上を知って数日後の夜、片倉は会社で用いているポータブルの水質自動分析器を密かに持ち出して、現場へ来た。深夜、人通りが絶えるのを待って、水路に沿った金網を乗り越え、分析器を岸辺の叢に隠れた水域に設置した。

休日に一日四回測定することによって、その後、有害物質が排出されていれば、サンプルを採って分析する。水質汚濁防止法によって公共用水域に排出される水は規制されている。

　玉川上水旧水路は開設以来二百年以上、江戸市民の上水道として利用されてきたが、明治三十一年に淀橋（よどばし）浄水場が完成すると、その用途を失ってしまった。現在ではそのほとんどが暗渠となり、下流は埋め立てられている。

　現在は公共用水域から除かれていると考えられるが、次の七物質が有害物質として規制されている。

一、カドミウムおよびその化合物
二、シアン化合物
三、有機リン化合物
四、鉛およびその化合物
五、六価クロム化合物
六、砒素（ひそ）およびその化合物
七、水銀およびアルキル水銀その他の水銀化合物

これら七種類が人間の健康に関わる有害物質として水質汚濁に関わる環境基準が定められている。

地図を見る限り、現場界隈にこれらの有害物質を排出する企業や事業所は見当たらない。

片倉は仕掛けた罠（わな）に獲物がかかるのを待つ猟師のような気持ちで、分析器の成果を待った。

3

この界隈の名物であった古趣豊かな屋敷の当主が亡くなると、相続税を払えない相続人がその屋敷を速やかに売却してしまった。

買い主が不動産業者と聞いて、古瀬敬造はいやな予感がした。不動産業者の背後には銀行がついているという噂であった。

この両者は乱開発の暴力団である。銀行は不動産業者を手先に使って、自然、環境、歴史、伝統、風致、美観など、まったく斟酌することなく、開発という名前のブルドーザーで蹂躙してしまう。

案の定、文化財的な屋敷はたちまち取り壊され、一群の森の趣きのあった庭樹は情け容赦もなく切り倒された。跡地にはブルドーザーが入って、赤茶けた平坦な土地に均らしてしまった。

古い築地塀のかわりに、殺風景なトタン板の塀が取り巻き、その上には有刺鉄線が張りめぐらされ、そのまま一年ほど放置されていた。

なにもしないのであれば、名物屋敷を残しておくだけでも、この地域の潤いとなったであろうに、なぜ費用と手間をかけて、無意味な空き地にしたのかと、古瀬は腹立たしくおもった。
自宅の窓からその屋敷の庭樹の簇(むらが)りを眺めるだけで、ほっとしたものである。

四季折々の花を咲かせ、春は新緑のコスチュームをつけ、夏は緑陰から涼しい風を送り、昆虫に快適な住居をあたえ、野鳥の豪勢な食堂となり、秋は紅葉に燃え、冬は雪化粧を施して、各季節に伴う恩恵を近所にもたらしてくれた屋敷と庭は、所有権という一片の証書の移転と共に、その長い歴史の息の根を止められてしまった。

だが、息の根を止められただけではなく、その跡地に、前の主(あるじ)とは似ても似つかぬ巨大なモンスターが住み着こうとしている気配を、古瀬は感じ取っていた。一年後古瀬の不吉な予感が的中した。

一年ほど、殺風景な空き地として放置された後、ある日突然、蔵友(くらとも)不動産会社のお知らせ看板が立てられた。その建築計画についての記載は、近所の住民を愕然(がくぜん)とさせた。お知らせ看板にはその空き地に七階建てのマンションを建築することを掲示していた。

この界隈は駅周辺を除いては閑静な住宅地で、高層建築物はない。七階建てとなると、日照を奪われることはもちろん、ビル風の被害や、視野の閉塞(へいそく)による圧迫感などは想像以上のものがあるであろう。マンション入居者の持ち込む自動車による危険、騒音、排ガスなどの諸問題が発生するにちがいない。

空き地として放置されていた間は、近隣の住民たちは不安を抱きながら傍観していただけであったが、七階建てマンションの出現と知って、にわかに結束して、マンション建築反対運動を始めた。

マンション建築計画を発表した蔵友不動産は、マンション販売、賃貸を主力とする大手不動産業者である。近隣住民は蔵友不動産に説明会の開催を求め、七階建てを五階建てに計画変更するように要望した。

だが、これに対し蔵友不動産は、

「我が社の計画はすべて法律の範囲内であり、違反は一切ございません。七階建てを五階建てに変更することは事業の目的を達成するための最重要な部分の変更となり、事業そのものが成立しなくなりますので、ご要望にお応えできません」

とにべもない回答であった。

近隣住民は納得せず、

「七階を五階に変更することによって、事業の目的を達成できないとはどういうことか。その事情をもっと具体的に説明してほしい」

と要求すると、

「それは企業の秘密で、申し上げられません」

と蔵友側は説明会を一方的に打ち切った。

その後、住民側の熱心な要請で四回、説明会が持たれたが、会社側は違反は一切ないと繰り返すばかりで、事態はまったく進展しなかった。

裁判所は法律違反がなければ裁判の対象としない。弁護士も法律違反の事実がなければ争えない。

世田谷区では「世田谷区中高層建築物等の建築に係る紛争の予防と調整に関する条例」があり、その第四条において、「住人の生活および居住環境に対する配慮と、建築主と住人の間に紛争が生じたときは、近隣関係を損なわないように相互の立場を尊重して、誠意をもって解決しなければならない」と規定しているが、義務も罰則もない訓示規定にすぎない。

蔵友不動産は住民がなにを言っても馬耳東風に聞き流し、住民に説明したという形式を整えると、法の範囲内を楯に一方的に着工した。空き地に多数の建築機械と工事人が入り込み、界隈に騒音をまき散らしながら、異形の軀体が次第に背丈を伸ばし始めた。

マンションが完成し、売ってしまえば、あとは入居者の問題という姿勢である。

住民側は企業の社会的責任を問うことにして、社長宛に質問書を送った。

質問書の骨子は、

「企業は社会に関わりなく存続し得ない。消費者あっての企業であり、その社会的責任は極めて重大である。特に住宅、宅地等の供給を営業目的とする不動産会社は、周辺住民の生活、居住環境権の保護、景観の尊重、良好な近隣関係の維持を、その社会的責任として強く認識しなければならない。

近ごろ、有名企業における一連の事故隠しや、企業トップの保身のための業態の粉飾など、その責任が社会問題として問われているが、我々は貴社も同じ轍を踏むのではないかと憂慮している。

我々の切なる要望に真摯に耳を傾け、社会的責任を全うすべく対処されるよう願う」

というものである。

これに対し蔵友不動産から、社長にかわってマンション事業本部副部長の名前で、「七階建ては六階建てに変更する。その他の配置は変更しない。プライバシー対策、工事の影響等については個別に協議したい」という回答書がきた。

企業の社会的責任については一言も言及せず、会社の当初の建築計画は七階であり、住民は五階に下げろと要望してきたのであるから、間を取って六階でいこうという姿勢であった。

住民側はこれを不服として、要望通り五階に計画変更するように求めたが、暖簾に腕押しであった。この間工事は進捗し、建物はほぼその全容を現わし始めていた。

古瀬には日照に伴う死活の問題があった。古瀬は時計職人である。極微の部品を取り扱う時計職人には、手先の感性と視力が不可欠である。

古瀬はその天才的な指先の感性から、業界で「神の指」と呼ばれた名人であった。だが、視力は年齢と共に衰えざるを得ない。特に最近、それを感じている。

人工光の下ではどんなに照明を明るくしても、極微部品を取り扱えなくなった。彼の職業にとって、自然光がどうしても必要であった。

目の前に高層マンションが立ちはだかって日照を奪われれば、古瀬の天職とも言うべき時計を扱えなくなってしまう。時計から離れることは、彼の失職と同時に、生き甲斐の喪失を意味するものである。

ほぼ同じ規模の家が軒を並べる住宅街に異形の高層マンションの出現は、単に美観や日照を奪うだけではなく、その地域の生活環境を破壊する。

古い住民の間に、ライフスタイルの異なる人間が集まって来て、すでに確立されていた先住民の生活スタイルを乱す。異種の人間と共に、車や各種機械や動物が入り込んでくる。それは一種の生態系の破壊でもある。

よい異種人種が来ればよいが、悪い異種人種が来ると、グレシャムの法則（悪貨は良貨を駆逐する）によって、たちまち先住民の生活環境が悪化してしまう。

同じマンションでもレンタルであると、住人の交替が激しく、定住者のような責任感がないので、環境悪化に拍車がかかる。

未知数の汚染

1

田沢章一の妻に抱いた疑心はなかなかぬぐい落とせなかった。夫婦生活にひびが入っているわけではない。田沢が勝手に疑心を抱いているだけである。

だが、一方的な疑心暗鬼であっても、それが深まれば夫婦の溝となる。幸いに有里子は田沢の疑心に気がついていないようである。

ある日、田沢は妻がテーブルに放り出しておいたバッグから床にこぼれ落ちたらしいチラシを見かけた。なにげなくつまみ上げてみると、新装開店の美容院のチラシである。おそらく通行中、手渡されたものであろう。

住所は渋谷区笹塚一丁目となっており、チラシに描かれた地図を見ると、笹塚駅南口にあるようである。有里子は職業柄、行動範囲が広い。笹塚界隈に行ったとき、手渡されたものであろう。

床からつまみ上げたチラシをトラッシュへ捨てようとした田沢は、その手を宙に止めた。

少し前、その近くで殺人事件が発生したという報道をおもいだしたのである。

改めてチラシを見ると、新装開店十日間に来店した客に、グアム旅行以下、各種賞品が当たる福引きサービスと書かれてあって、その期日が事件発生日を含んでいる。

すると、妻は時期的にも事件発生前後に現場近くへ行ったことになる。事件当日に行った可能性もある。偶然とはおもうが、気になった。被害者が妻とほぼ同じ年配であるのも引っかかる。

田沢はさりげなく、妻に、

「最近、笹塚へ行ったことがあるかい」

と問うた。

「笹塚?」

彼女は虚を衝かれたような表情をしたが、すぐに立ち直り、

「そう言えば駅の近くのスーパーから、最近、売り上げが伸び悩んでいるので、売り場の模様替えをしたいという依頼を受けて、現地を何度か見に行ったことがあるわ。それがどうかしたの」

と問い返した。

「いや、べつになんでもないが、こんなチラシが家の中に落ちていたのでね」

田沢は美容院のチラシを示した。

「ああ、駅前でもらったまま、忘れていたわ。どうしてこんなものをあなたが持っていらっしゃるの」

「床に落ちていたんだよ」

「そう、それじゃあ、たぶんバッグに入れたまま忘れていたのがこぼれ落ちたのね」

有里子は田沢の推測と同じことを言った。

チラシの詮索はそこまで止まりであったが、田沢は妻が一瞬示した虚を衝かれたような表情を見逃さなかった。

なぜ、彼女はあんな表情を見せたのか。つまり、笹塚へ行った事実を夫に知られたくないような事情があったからではないだろうか。

なんらやましいところがなければ、どこへ行こうと虚を衝かれることはない。有里子に衝かれては困る〝虚〟があるのであろうか。

そして、同じ界隈で、時期を同じくして殺人事件が発生している。田沢の意識の中で、次第に膨張してくるものがあった。

田沢は自分を納得させるために、笹塚へ行ってみることにした。笹塚は彼のこれまでの生活にはまったく関わりのない場所である。

山手と下町の雰囲気が渾然（こんぜん）一体となったような駅に降り立ち、まずチラシの美容院を探す。駅の近くの商店街に、その美容院はあった。

また、駅近くには三軒のスーパーがあるが、いずれも事件発生前後の期間に、売り場の模様替えを計画したことはないということであった。

有里子は田沢に嘘をついている。嘘をつく必要のないことである。つまり、彼女は笹塚へ来た本来の目的を夫に知られたくなかったのである。彼女が笹塚へ足を運んだ本来の目的はなにか。

そこまで自分の思案を進めた田沢は、凝然として宙を睨んだ。妻と殺人事件には関連性はないか。そんなことがあろうはずはないとおもいながらも、一瞬の着想はたちまち凝固してくる。

殺人事件が発生した時間を含む期間に、彼女は笹塚へ何度か来たことを自ら認めている。だが、そこへ来た目的を夫に偽っている。もし彼女が事件に関わっていれば、その事実を夫に知られたくないであろう。

だが、妻が夫に秘匿する後ろめたい目的を、事件と限定するのは短絡的すぎるかもしれない。

田沢が妻に対して疑心を抱き始めたのは、事件発生のかなり前からである。夫婦でなければ察知できないような微妙な変化が、妻の心身に生じてから半年ぐらいは経過しているであろう。

仮に有里子が事件に関わっているとすれば、この半年間に、事件の土壌が培われたことになるかもしれない。

田沢は思案しながら、その足を報道された事件の現場の方角へ向けていた。

地図を見ながら、駅前から玉川上水旧水路に沿った側道へ踏み込んだ。水路と側道の間には金網が張りめぐらされ、乏しい水量が流れている。岸辺には叢（くさむら）が生い茂っている。いまは無用となった旧水路はほとんど暗渠（あんきょ）と化して、開溝している部分は極めて少ないという。

水路の両側には側道に沿って、民家やアパートの裏手が軒を連ねている。この道は駅への近道らしい。朝夕の通勤時間には利用価値が高いであろうが、夜間は人通りが絶えて寂しそうである。

水路に沿う大人の背丈ほどの金網は、転落防止柵であろうか。だが、金網の一部に穴があいていて、そこから水路に下りられる。川のある風景が珍しくなっている都会で、金網の破れ目は子供たちの禁じられた遊び場への出入口になっているのかもしれない。

水路の水は澄んでいて、浅い川底が見える。さして危険な箇所はなさそうである。

岸辺の叢に長靴を履いた一人の男が川面に屈（かが）み込んで、なにかを覗いていた。魚を捕っているのでもなさそうである。それに、水路に魚影が見えない。ちょうど報道された事件現場の近くである。

田沢は好奇心に駆られて、金網越しに男を見た。男は田沢の視線に気がついたらしく、頭を上げた。田沢と男の視線が合った。男はいたずらを見つけられた子供のように照れ笑いを

した。田沢は、

「そこでなにか捕れるのですか」

とさりげなく問いかけた。

「いえ、水質の調査をしています」

「水質調査を?」

田沢は男の答えに、すでに用途を失った旧水路も水道局が時どき水質の検査をするのかとおもった。

「先日、この水路に鯉や金魚が浮きましてね、個人的に水質調査をしています」

男が追加した言葉で、彼が水道局の人間ではないことがわかった。

「鯉が死んだのですか」

「鯉だけではなく、この水路に棲んでいた金魚や、その他の生物がみんな死にました。なにか有害物質が排出された疑いがあり、調べています」

「それで、なにかわかりましたか」

「目下調査中です。あなたはご近所の方ですか」

男は水路から上がって、金網の破れ目から側道へ出て来た。

「いいえ、先ごろ、この辺で殺人事件が発生したという報道に興味を持って、現場を見に来たのです」

田沢は正直に言った。

「ほう、事件に興味を持たれた……マスコミ関係の方ですか」

男は田沢の答えに好奇心をそそられたらしい。

「いいえ、単純な興味です。野次馬根性ですね」

と言ってから、田沢は男が先日、魚が浮いたと言ったことが気になった。

「もしかして、魚が死んだのは事件に関係があるのですか」

田沢の質問は男を少し驚かせたようである。

「なかなか鋭いですね。実は事件発生後間もなく、魚が浮いたので、事件になにか関わりがあるのではないかとおもって、水質を調べているのですよ」

「個人的に調べているとおっしゃいましたが、あなたも事件に興味を持っているのですか」

「はい」

男は悪びれずにうなずいた。

「さし支えなければ、なぜ事件に興味を持たれたのか、お聞かせ願えませんか。申し遅れましたが、私はこういう者でございます」

田沢は名刺を差し出した。男の様子に害意がなく、なにか同好の士のような親しみをおぼえた。

田沢の名刺に刷られた社名は、相手を信用させたようである。

「実は私はこの近くに住んでいる者で、片倉と申します。先日、刑事が聞き込みに来まして、犯人は被害者をまちがえて殺したのではないかというような言葉を洩らしたものですから、興味を持ちました。事件発生前、この水路には鯉や金魚が棲み着いていましたが、事件後死んだのも、犯人が唯一の目撃者である魚を殺したような気がしましてね、魚を目撃者というのも変な話ですが。ところで、田沢さんはなぜこの事件に興味を持ったのですか」

片倉は問い返した。

「この近くに所用で来たのですが、先日、報道された殺人事件の現場が近いことをおもいだしまして、野次馬根性から見に来たのです」

「そうですか。犯人は現場へ帰ると言いますが、もっとも犯人ならば、私に声をかけたり、名刺をくれたりしませんね」

片倉は苦笑した。

「私も現場の水質検査などをしているあなたを見かけて、犯人が戻って来たのではないかと、つい声をかけてしまいました。犯人ならば、この近くに住んでいるなどとは言いませんね」

二人は顔を見合わせて、互いに苦笑を洩らした。

「もしお時間が少しおありでしたら、私の家はこのすぐ先です。ちょっとお立ち寄りになって、お茶でもいかがですか」

と片倉は誘った。彼は田沢に興味を持ったようである。田沢も片倉に興味を持った。

片倉は狭いながらも一戸建てに独りで住んでいた。家の中に家族の気配はない。

「嫁さんのなり手がありませんでね、この歳でまだ独り暮らしです。親が残してくれた家ですが、あの世で両親が家付きじじ抜きばば抜きにもかかわらず、いまだに独り暮らしの不甲斐ない息子を嘆いているかもしれません」

片倉は馴れた手つきでコーヒーを淹れてくれた。近ごろ、都内の喫茶店ではめったに口にできない本格的なコーヒーであった。

男の独り暮らしにしては、家の中は小綺麗に整頓されている。独り暮らしに年季が入っている感じである。

田沢は片倉に誘われるままについて来てしまったが、上等なコーヒーの香りに覚醒したように、片倉との出会いを見つめなおした。

一人一人が自分の殻に閉じこもっているような東京で、今日出会ったばかりの見ず知らずの人間の家へ上がり込んで、コーヒーを飲んでいる。誘う片倉も片倉であるが、その言葉を鵜呑みにして、初めての家にのこのこと上がり込んだ田沢も田沢である。

都会では未知の人間を敵性と見なす。知り合ったばかりの敵性の人間を自宅へ招くということはない。招く方も危険であるが、敵性の本拠へのこのこ入り込むのも危険である。

彼らはたがいに信じ合っているわけでもない。信じ合うには時間が足りない。たがいになんとなく同好の士のような好感を抱いて、ふと警戒の鎧を脱いでしまったというような感じであった。

片倉は改めて名刺を差し出し、自己紹介した。名刺に書かれた肩書について、会社の公害防止のために、水質や大気汚染の検査を担当していると説明した。

「道理で水質検査はお手のものというわけですね」

田沢は感心して、

「片倉さんは犯人が、魚が死んでしまうような有害物質を水路に投げ込んだと疑っているのですか」

と問うた。

「なんの根拠もありませんが、犯人が事件を目撃していた魚たちの口を塞いだような気がしたのです。都の検査では、なんら有害物質は検出されなかったということですが」

「こだわっておられるのですね」

「たぶん偶然の一致だとおもいます。仮に鯉や金魚が犯人を見ていたとしても、口を割るはずがありませんよ」

「犯人を見ていても、水に流してしまったのかもしれませんね」

「そんな魚たちが、それまで元気に生きていたのに、なぜ死んでしまったのかなあ」

「都の検査では有害物質は検出されなかったということですが、有害物質が水に流されたただけではなく、都の検査に引っかからないような物質であった可能性はありませんか」

「その可能性は充分にあります。水質汚濁防止法により、健康有害物質として規制されている物質は七種類、生活環境に被害を生ずる虞のあるものは十二項目が指定されています。これらの項目以外の有害物質が排出されていれば、都の検査に引っかからなかった可能性があります」

「あなたの検査にはどうですか」

「まだアプローチをしていない物質があれば、検査を潜り抜けているかもしれません。いま分析器に加えて、新しい仕掛けを施しています」

「新しい仕掛けとはなんですか」

「小さな籠の中に、フナやドジョウ、オイカワなどを入れましてね、水路に設置したのです。まあ、小さな生け簀を仕掛けたようなものです。水路に有害な物質が排出されれば、仕掛けの中のフナやドジョウ、オイカワに変化が表われます。そのとき間をおかずサンプルを採って、これまで行なわなかった各種検査のアプローチをするつもりです」

「なるほど。しかし、魚に変化が表われた直後にサンプルを採らないと有害物質が流れてしまいませんか」

「水路に小さな淀があります。そこに籠を仕掛けておきます。もともと水路の流れは緩やかです。淀には有害物質を含んだ水がかなり長時間留まっているはずです」

「籠の中の魚には気の毒ですが、それは有効な仕掛けですね」

「鉱山の採掘や、トンネルの掘削現場などにカナリアを持ち込むという話を聞きますが、それと同じ発想です」

「これまでアプローチをしなかった有害物質というと、どんなものが考えられますか」

「化学的な有害物質ではなく、なんらかの病原体、微生物、あるいは放射能などが考えられます。もし魚の死んだ原因が病原体や放射能であれば、マニュアル通りの水質検査では分析できません。放射能は検知器によって測定できます。現場の状況からして、放射能は消去してよいでしょう。すると、病原体の可能性が高くなりますが、病原体の検出となると面倒ですね」

「そんな病原体や有害生物を川に放流する者がいますか」

「ちょっと考えられませんが、誤ってということはあります」

「誤って、もう一度放流しますか」

「下流で魚が浮いた事実を知らなければ、また誤って放流するかもしれません」

「仮に伝染病のウイルスが誤って放流されたら、恐ろしい話ですね」

「そうです。幸いに伝染病が発生したという報告は聞いていませんから、伝染病のウイルスではなかったのか、あるいは魚が死んだ程度でウイルスが蔓延(まんえん)しなかったのかもしれません」

「もし籠の中のフナやドジョウ、オイカワが死んだら、どうやって有害物質を検出するのですか」

「専門家に死魚を託して、ウイルスの培養、有害生物の検出を委嘱するつもりです」

「ウイルスや微生物が誤って放流されたとすれば、事件とは関わりがないということになりますか」

「放流、排出そのものは事件とは無関係の不注意かもしれませんが、この市中でそのような危険極まりないウイルスや有害微生物を密かに保管している者がいるとして、被害者がその事実を知っていたとしたらどうでしょうか」

「被害者はまちがえられて殺された疑いがあるんじゃありませんか」

「そうでした。犯人の本来の標的であった人間が知っていた場合です。少し考えすぎかもしれないな」

片倉は自らを戒めるように言った。

「もし魚が死んで、ウイルスや微生物の存在が証明されれば、片倉さんの仮説も一歩進むのではありませんか」

「私のおもい込みにすぎません。仮に、そんな危険なものを保管している人間が市中に潜んでいたとしても、事件に関わるということにはなりません」

2

その日、出社前になにげなく生け簀を覗いた片倉は、はっとした。生け簀の水面に魚が腹を見せて浮いている。

片倉は網の破れ目から水路の岸へ下りると、生け簀を引き揚げた。生け簀の中に飼っていたフナ、ドジョウ、オイカワはすべて死んでいた。

片倉はその場から携帯電話で急用ができたので出社が遅れると職場へ電話して、いったん自宅へ引き返し、このような場合に備えて用意しておいたビニールバッグと安全キャビネットとコンテナを持って来た。

魚体を安全キャビネットに移し、生け簀をビニールバッグに入れ、小型のコンテナに試験水（サンプル）を採った。

魚体と生け簀にはどんな有害物質が付着しているかわからないのでゴム手袋をはめて慎重に扱う。

片倉は高校時代の親友で、現在、農業大学獣医学部の研究所で微生物の研究をしている芝野（しばの）に電話した。

「先日話した例の仕掛け（トラップ）に獲物が引っかかったよ。すまないが、その正体を調べてもらえないか」

芝野には、すでに事のあらましは伝えてあり、有害物質の究明を頼んである。

「わかった。なにがくっついているかわからんから、くれぐれも取り扱いを慎重にな」

芝野は万事呑み込んだ口調で言った。

芝野の研究所は八王子の西端、陣馬山(じんばさん)の裾(すそ)の山林中にある。市域で最も過疎な地域である。片倉はマイカーの中古のカローラを操って、昼前には研究所に行った。

芝野は待っていてくれた。彼も大いに興味をそそられているらしい。

「都内の水路で二度も魚が原因不明の有害物質にやられて浮いたとなると、穏やかではないね」

芝野は興味津々といった表情で言った。

「法で規制している物質や項目以外の有害物質となると、都の検査では歯が立たないかもしれないからな。よろしく頼むよ」

「果たして出るかどうか、なんとも言えないが、やるだけやってみよう」

芝野は頼もしく請け負ってくれた。

「どのくらいかかる」

「あんたも知っているように、有害物質が病原体であれば、微生物を検出するために培養しなければならない。病原体は種類も多いし、培養方法は病原体の種類によって条件が異なる。

検出したらすぐに連絡するよ」

芝野は明言を避けた。

「しかし、人口稠密な東京の住宅街の真ん中で、病原体の微生物が水路に放流されるということが実際にあるだろうか」

片倉はかねてから胸に抱いていた疑問を問うた。

「それはあり得るよ。東京にはどんな人間が住んでいても不思議はない。人間だけではなく、動物も住んでいる。これまで公害の主たるものは水俣病やイタイイタイ病などに代表される化学災害だった。ダイオキシンや環境ホルモンによる汚染もケミカルハザードだと言える。だが、近年、新たな恐るべき公害として生物災害（多種多様な病原微生物による感染）が立ち上がってきた。

生物災害の歴史は古く、十四世紀のペスト流行によって、ヨーロッパでは二千五百万人が死んでいる。その凄まじい伝染力と致命率から、黒死病と呼ばれて恐れられた。第二次大戦中、悪名高い七三一部隊がこのペスト菌を兵器に転用しようとして、旧満州で三千人に及ぶ人体実験を行なったことは周知の事実となっている。インフルエンザ、肝炎、日本脳炎、病原性大腸菌O－157、エイズウイルス、狂犬病、結核など、生物災害の病原体だ。

これら微生物の研究施設が、全国各所の人口稠密な地域にあるよ。都内にもある。それらのバイオ施設から、施設外に排出、漏出されないという保証はない。現に、この施設でも微生物の研究は行なわれており、絶対所外に出ないという保証はないんだ」

「それはずいぶん危（ヤバ）ない話だね。有害な微生物が外へ出ないような安全策は講じてないのか」

「もちろん、我々が物理的封じ込めと呼んでいる何重もの安全装置が設けられている。また生物的封じ込めと呼ぶ、漏出しても自然環境で死滅する微生物を使用する条件で、バイオ実験を行なう安全指針を遵守（じゅんしゅ）するなど、安全装置や安全対策を講じているが、必ずしも有効ではない」

「どうして有効じゃないんだ」

「たとえばだな、どんなに物理的封じ込め施設を万全にしても、実験者を完全滅菌することはできない。実験者が感染したり、実験者の身体や衣服に病原体が付着して外部に持ち出される危険性がある。実験動物が施設の外へ逃げ出すこともある。また感染していても、症状が現われない場合が多く、外部に持ち出されていてもわからない。バイオ施設で使用される実験動物は未知の病原体に感染していることがあり、排泄物（はいせつぶつ）中の病原体は塵（ちり）となって空中に浮遊し、外部に振りまかれる。もちろん排気フィルターを通して排出しているが、病原体を完全に阻止することはできない。

　今日のバイオ施設では、病原性、非病原性の微生物のほかに、生物産生毒素、寄生虫、有害昆虫を培養して実験しているが、まったく未知の新しい病原体が出現する可能性がある。

そして、これらのＤＮＡを扱い、遺伝子組み換えによって未知の新しい病原体を出現させる可能性がある。

病原体の中には空気伝染するものが少なくない。有害化学物質の多くも気化するので、不完全なフィルターを通して、これら有害な微生物や化学物質が連日連夜、施設外に排出されていることになる。

さらに、バイオハザードの恐ろしいところは、感染者からの二次、三次の感染によって、特定地域から全国、全人類に拡大する危険があるということだ。バイオ施設は生物災害の倉庫と言ってもよい。その意味で、この所内にも有害な微生物がうようよしているぞ」

芝野は脅かすように言った。

「おい、よせよ」

片倉は一見、塵一つ落ちていないような研究所内の清潔な室内を見回して、

「旧七三一部隊のように、バイオ施設やその研究を悪用する者はないだろうか」

ふとおもい当たった発想を問うた。

「充分あり得るよ。現に、製薬会社がＨＩＶ（エイズウイルス）に汚染された非加熱血液製剤を血友病患者に供給して、薬害エイズを引き起こした例は記憶に新しい。また、黄色ブドウ球菌に汚染された乳製品による大量食中毒の発生もある。安全性の確認されない生物製剤を国家検定によって認可を取り、販売するのもバイオ研究の悪用だな」

「バイオテロというのはないのかい」

「バイオテロ？」

「つまり、微生物病原体をテロに利用する例だよ」

「あってもおかしくないな。日中戦争や朝鮮戦争やベトナム戦争では、生物化学兵器が用いられている。その致命力と拡大力、残留性などから、通常の凶器よりもはるかに大きな恐怖をあたえる。テロの凶器としては非常に効果的だね」

「もし生物テロが行なわれたとしたら、犯人自身も病原微生物にやられる危険性があるが」

「もちろんだよ。それだけに犯人は自暴自棄になっていて、怖い。化学テロは化学物質さえ取り除いてしまえば鎮圧できるが、生物テロはその生物そのものを取り除いても、生態系の中で増殖、拡大し、阻止できなくなる危険が大きい」

「そんな恐ろしいものをテロの道具に使われたら、それこそ天下の一大事だが、警備の方はどうなっているんだ」

「テロリストが核兵器や通常兵器を奪おうとしても、そうは簡単に奪えない。核兵器はもちろん、通常兵器も部外者は近寄れないように警備されているよ。ところが、化学物質や病原体は施設や病院でそれなりに管理はされていても、警備はされていない。その管理についても、届け出・査察・処罰等の法令上の制度はない。テロリストが奪おうとおもえば、一般の武器よりは簡単に奪える」

「それじゃあ、バイオ施設に関してはほとんど野放しじゃないか」

「現実にはそうだよ」

「怖い話を聞いちゃったな。おれの持ち込んだサンプルがあまり恐ろしいものに汚染されていなければいいがね」

「おれもそう望むよ」

芝野は言った。

危険な尊信

1

住民の反対にもかかわらず、六階建て、地上十八メートルのビルは完成した。「ネオパレス・ニューライト」と名づけられた六階建てのマンションは、周辺の小住宅街を睥睨(へいげい)して、その異形を傲然(ごうぜん)と立ち上げていた。

この建物の出現で、古瀬の家は完全に日照を奪われた。朝から夜まで、おそらく四季を通して、彼の家には一筋の陽の光も射し込まなくなった。

日照と共に、彼が愛していた窓からの眺めはコンクリートの灰色の壁によってぴたりと塞がれてしまった。

眺望にかわって、十八メートルの建物から駆け降りてくるビル風が、平屋の彼の家にもろに吹きつけてきた。これでも建築主は譲歩して一階下げたのである。

「ネオパレス」という名前からマンションらしいことはわかるが、窓が少なく、南に面した窓も小さい。一見、倉庫のような建物である。

最近のマンションは古い住宅街に押し入って来る侵入者であることには変わりないが、周囲の環境にできるだけ調和するように、塗装、照明、外構、外観などその設計に工夫を凝らしている。

ところがこの「ネオパレス」は外壁に防水性の灰色の塗料を吹きつけただけの、用途不明の巨大な箱のような、まことに殺風景な建物であった。一見して環境から遊離した異物となっている。

こんな建物に住みたい人間がいるとはおもわれないが、完成前に全棟売れてしまったそうである。

マンション市場が売手市場であったころは、図面売り（完成前に設計図だけで売買する）も多かったが、景気が低迷している今日、図面売りは珍しい。

建物は味もそっけもないが、渋谷区との境界に接し、笹塚、代田橋両駅に近いこと、南が玉川上水旧水路の暗渠（あんきょ）を利用した公園道路になっていて、さらに高い建物が建つ可能性がなく、日照が確保され、閑静な環境であることが人気を集めたのであろうか。

完成した建物に八方から入居者が集まって来た。彼らも建物と共に古い環境を乱す侵入者である。

お知らせ看板によれば、六階建て、二十二戸。一戸平均二・五人として、五十五人の人間が入居し、数十台の車が一ヵ所に集まる。ペットを持ち込む入居者もいるであろうから、これら人畜の吐き出すゴミ、排泄物、騒音などは、この地域の居住環境になかった量となる。

だが、完成した以上は、古い住人に侵入者を阻止する術はなくなった。

マンション住人も、当初は侵入者として古い住人から白い目で見られているが、次第にその環境に馴染んでくるものである。

だが、「ネオパレス・ニューライト」の住人たちは一向に環境に溶け込まなかった。彼らはむしろ環境と調和することを拒んでいるようですらあった。

まず、奇妙なことに、入居して来たどの家にも子供がいない。住人が新しい居住環境にエントリーする場合は、まず子供たちが地域の学校に通って、その土地と融和してくるものであるが、子供が一人もいない。

三十代、四十代を中心に、二十代から六十代ぐらいまでの素性不明の入居者が数十人、地域から遊離して生活しているのは不気味であった。

彼らの生活スタイルはまちまちである。毎朝定時に出勤する者がいるかとおもえば、午後の遅い時間帯や、夜間出かけて行く者もいる。だが、風俗営業者ではなさそうである。交番の巡回連絡には協力しているようであるから、いずれもちゃんとした職業は持っているのであろう。

地域に溶け込まないという理由だけで、異星人扱いするのは古い住人のエゴかもしれないと、古瀬はおもった。

もともと東京は全国各地、世界各国から集まって来たエイリアンがつくった都会である。この地域の主をもって任ずる古瀬も、祖父が岐阜県から裸一貫で上京して、この地に根を下ろしたのである。

だが、古瀬は一見住みよさそうでもない殺風景な建物を、完成前に図面で買った入居者たちに興味をおぼえた。

2

捜査は膠着していた。

棟居は沈滞した捜査本部の雰囲気にめげず、連日、不毛の聞き込みに歩きまわっていた。

棟居が唱え、片倉によって一歩推進された形の誤殺説も、聞き込みの成果の上がらないまま、揺れてきている。

地域に居住する該当女性にはおおかた当たって、消去している。誤殺であるとしても、犯人の本命の標的は現場の近くに住んでいないか、不定期の通行人と考えられる。

不定期の通行人か、一時的に通り合わせた者と被害者をまちがえて殺害したとすれば、捜査範囲は無限に広がってしまう。

目ぼしい成果も上がらぬまま、捜査本部には疲労の色が濃くなっている。捜査が進展すると疲労も忘れてしまうが、停滞していると、疲労だけが重く身体に溜まっていく。棟居と菅原は重い足を引きずるようにして、聞き込みに歩いていた。

聞き込みに歩く視野に、最近、竣工（しゅんこう）した異形の建物が常に立ちはだかっている。事件発生の少し前に竣工して、住人が入居した。マンションの立地点は渋谷区に接した世田谷区である。

管轄はちがうが、そのマンションにも何度か聞き込みに立ち寄っている。該当するような者は入居者におらず、不審者もいない。前歴者、暴力団関係者も見当たらない。

「ネオパレス・ニューライトとは妙な名前ですな」

菅原は新築マンションの方角に視線を向けて言った。

「建設に際して、近隣の住民がだいぶ反対したようですが、反対を押し切って、とうとう建ててしまいましたね」

棟居が言った。

「一目見ても、住宅街に場ちがいな建物ですが、大企業の横暴ですか」

「マンションとしては絶好の立地点ですが、日陰になった住人は気の毒です」

「一日中陽の光が当たらず、視野が塞がれてしまいました。古い住人の犠牲を踏まえて、眺めも陽当たりも抜群のマンションのようですが、窓が少なく、小さいですね。なんのために古い住人を犠牲にしたのかわからないような、妙なマンションだ」

「妙と言えば、入居者に子供がいませんね」

「都会のアパートの住人に子供がいないのは珍しいことではありませんが、分譲マンションとなると、家族持ちが主体になります。たしかに珍しい入居者ですね」

「そう言えば、あのマンションは完成前に完売したと聞いています。最近、珍しいですよ。それほど魅力的なマンションとも見えないが……」

「立地環境と、二つの駅へのアクセスのよいことが人気を呼んだのでしょう」

「近所の聞き込みによると、住人の入居もほぼ同時期だったらしく、なんだか団体で引っ越して来たような感じですね」

「入居者それぞれの職業もまちまちで、相互になんの関連もなさそうですが……。たまたま引っ越して来た日が同じになっただけでしょう」

棟居と菅原は小さい窓が壁面に穿(うが)たれただけの、一見倉庫のようなマンションに視線を泳がせた。

総戸数二十二戸、四十数名の入居者が同時に引っ越して来たとすると、相当な騒ぎであったであろう。

住人の入居後、間もなく事件は発生したのである。

事件現場は渋谷区内であるが、世田谷区との境界に近く、聞き込みの範囲は世田谷区にまたがらざるを得ない。

世田谷区の捜査範囲は北沢署の管轄となる。北沢署の協力も得て聞き込みを進めているが、成果はない。

「どうも、あのマンションが気になります」

棟居はマンションを睨んで言った。

「目障り(めざわ)であることは確かですな」

菅原がうなずいた。

古い住宅街の調和を乱す建物であるのが、目障りであるだけでなく、なにか棟居の意識に軋(きし)るものがあった。

受持ち交番の案内簿によれば、入居者はすべて職場の異なる会社員である。職場相互にも関連性はない。年齢は二十代後半から六十代後半まで、三十代後半と四十代が圧倒的に多い。

独身者は四戸、あとの十八戸はすべて家族持ちである。若い夫婦の間には子供はない。四十代以上の入居者は、子供がいても、すでに成人している。戸主のきょうだいが同居している家もある。四人の単身者は二十八歳と二十九歳の男性、二十八歳と二十一歳の女性である。

棟居は同マンションの入居者を一戸一戸訪問して聞き込みを重ねながら、どの住人にも共通するにおいを感じ取った。

訪問直後は気がつかなかったが、時間が経過するほどに気になってきた。一人一人では気にならないが、多数集まると人いきれを生ずるように、時間をおいて入居者の共通のにおいが合成されて、一種の人いきれのように立ちのぼってきたのである。

棟居は一度、ある女子高校に招かれて、性犯罪に対する自衛策や、痴漢への対処方法などについて話したことがあった。

そのとき講堂に集まった全校の女生徒たちから立ちのぼる、女臭とも言うべき若い女性の体臭に圧倒されたことがある。一人一人はまだ幼さを残している少女が多数集まると、女性軍団（アマゾネス）となりエネルギッシュなにおいの集塊（マッス）となって立ち上がってきた。

あのときのように、はっきりと感知したわけではないが、戸別訪問中に無意識に感じ取った共通のにおいが、日をおくほどに煮つまってくるようであった。

棟居はこれまでにも団地、マンション、アパートなどの集合住宅に聞き込みをしたことがある。社宅や学生寮では、入居者に共通のにおいがあったが、一般の集合住宅では住人それぞれの個性、家族構成、生活史、職業、ライフスタイル、経済状態、思想、時には国籍などが異なっていて、共通のにおいはなかった。

「ネオパレス・ニューライト」の入居者たちにはなんの関連もないはずであるのに、なぜ時間が経過すればするほど、共通のにおいが濃くなってくるのか。このことが棟居の意識に軋るようになってきたのである。

一見、共通項はないようであるが、見えないところでなにか関わり合っているのであろうか。

そんな時期、棟居の目に、ある作家のエッセイが触れた。エッセイの要旨は、

「作家はそれぞれの個性をもって読者にまみえている。作家同士が仲良くなって、いつも一緒に群がっていると、作家はたがいに盗み、奪い合うので、いつの間にかその作家グループが同じ色になってくる。あたかも赤と青を混ぜると紫になってしまうように……」

というものであった。

棟居がネオパレスの住人から感じ取ったものは、同じような色であったかもしれない。個別に会ったときはそれぞれ異なっていた色が、ネオパレスの住人として顧みたとき、みな同じ色に見えた。

同じ色、あるいは同じにおいでも、事件にはなんの関わりもないことだと、棟居は自分に言い聞かせた。

だが、ネオパレスが現場の水路の上流にあり、その入居者たちが事件発生直前、ほぼ同時期に入居したという事実は、なんとも気にかかることであった。

3

芝野に有害微生物の鑑定を委嘱（いしょく）して間もなく、彼から電話がきた。

「妙なものが現われたよ」

「一体、なにが出てきたんだい」

「ちょっと会えないか」

電話口では話しにくいらしい。

「これからそちらへ行こうか」

「いや、都心にちょうど用事もあるし、おれの方から行こう」

その場は時間と場所を決めて電話を切った。

片倉の研究所は中央区新川にある。その日の午後、二人は銀座にあるホテルのバーで会った。芝野はすでに先に来て待っていた。

「妙なものって、なんだ」

芝野と向かい合った片倉は、一切の前置きを省いて問うた。

「それがな、ボツリヌスだよ」

「ボツリヌス?」

「あんたも知っているように、食中毒の原因になる菌だよ。日本では北海道や東北、北日本によく発生する。これらの地方で、冬の保存食としてつくるいずしにボツリヌス菌の芽胞が発育して、毒素を産生する。毒素の経口摂取によって発症し、二〇パーセント以上は死ぬという極めて強い毒性を示す」

「ボツリヌス菌で魚が死ぬのかい」

片倉は問うた。

「流水に細菌を排出した場合、よほどの量でないと、そこに棲む生物に影響はない。たぶんボツリヌス菌が直接の原因ではなく、なにかの化学物質と合わせて汚染されたと考えられる。しかし、魚の死因となった化学物質はすでに流出したと見えて、分析されなかったよ。また培養の設定条件に合わないウイルスは出てこない」

だが、魚の直接の死因となったなにかの化学物質の〝副産物〟としてボツリヌス菌が水路から現われたとなると、一大事である。

「そんなものが出てきたのか」

「ボツリヌスなんて、その辺に転がっているものではない。この毒素にはA、B、C、D、E、F、Gの七種類があるが、日本の中毒はほとんどE型菌だ。最近、この中毒が発生したという報告は聞いていないが、都内の水路のサンプルからボツリヌス菌が証明されたとなると、問題だな」

「どうして、そんなところからボツリヌス菌が現われたんだ」

「それはあんたの方が詳しいんじゃないのか。ボツリヌス菌の毒素は強いが、まさかご用ずみになった旧水路の水を飲む者はいないだろう。我々の病原体の危険度分類ではレベル2に入る」

「レベル2とはなんだい」

「つまり、個人や地域社会には危険度が軽微なものだ」

「二〇パーセント以上が死ぬという恐ろしい毒素が、危険度が軽微なのか」

「我々の実験室における危険度分類では、ボツリヌス菌はクラス２Ｂに当たる。通常の微生物学的操作手順で実験室感染を防ぐことがおおむね可能であり、仮に感染しても発症の可能性は非常に少ないとされている」

「そんなものかね。その危険度のクラスはいくつまであるんだ」

「クラス４が最も危険で、実験室感染の機会が多く、感染した場合、重症で致命的になる可能性があり、有効な予防方法を欠くものだよ。クラス４の病原体を保管している施設は日本にはないはずだ」

「たとえばクラス４にはどんなものがあるんだね」

「たとえばエボラ、ラッサ等の出血熱ウイルスなどだな」

さらに芝野が説明するところによると、実験室に病原体を物理的に封じ込める程度に応じて、
レベル１　個人や地域社会にも危険度がないか、非常に低いもの（ヒトや動物に病原性が弱いもの）。

レベル２　個人や地域社会には危険度が軽微なもの（インフルエンザ、肝炎、ヘルペス等のウイルス、日本脳炎、病原性大腸菌Ｏ－１５７、ボツリヌス菌、等）。

レベル3　個人にとって危険度が高いが、地域社会には危険度が低いもの（狂犬病、エイズ等のウイルス、ペスト菌、結核菌、炭疽菌、等）。

レベル4　個人と地域社会にとって危険度が高いもの（伝染性が大きく、予防方法も治療方法も発見されていないもの）。

の四レベルに分類されているということであった。

ともかく水路のサンプルから証明されたボツリヌス菌は、物理的封じ込めの程度に応じてレベル2、病原体の危険度分類ではクラス2Bと聞いて、片倉はひとまずほっとした。

「ボツリヌス菌が自然発生するということはないかな」

「都内でか？」

「そうだよ」

「それはないだろうな。ボツリヌス菌は北日本から北海道、カナダの太平洋岸にかけて濃厚に分布していて、そこの土壌や、海底の泥の中に存在しているという。この海域で獲れた魚に、この菌の芽胞が証明されているが、東京都の水路にボツリヌス菌が存在したとは聞いたことがない。まして、上水が現役のころ、そんな剣呑な菌が存在していれば、東京の人間はみんな中毒になったはずだ」

「すると、ボツリヌス菌に汚染された食品を水路に捨てたり、あるいはボツリヌス菌そのものを故意に排出した可能性は考えられないかな」

「故意に？　だれが、なぜ、そんなことをするんだ」

芝野が問い返した。

「あんた、先日、バイオテロと言っただろう」

「それは可能性の一つとして挙げただけで、実際に細菌をテロに使う者がいるとは考えられないね」

「そうだろうな。レベル2、クラス2Bでは、テロの凶器としては弱いだろうね」

「いや、これはあくまで実験室内の基準であり、分類だよ。テロリストが培養すれば、散布の方法によっては充分有効な武器となる。銃器や化学物質と異なり、音や光やにおいも出さない。深く静かに拡大して、人類を殺傷し、地球を破壊していく」

「しかるべきところへ届け出るべきかね」

「それはあんたに任せるよ。おれはサンプルの鑑定を委嘱されただけだからな」

芝野が片倉の表情を測るように見た。そのために電話でもすむ培養の結果を、直接会って伝えに来たのであろう。

芝野に会った後、片倉は改めてボツリヌス菌について文献をあたった。

ボツリヌス菌は嫌気性（空気のない状態でよく発育）で、この中毒は病原菌の感染によるものではなく、食品中で産生された毒素の経口摂取によって発症する。日本では主として貽貝や生魚を漬物にしたいずしが原因食であるが、欧米ではソーセージ、魚の缶詰、塩漬け食品の中毒例が報告されている。

主たる症状は視力障害、眼瞼下垂、瞳孔散大（光に対して瞳の反応が鈍くなる）、運動障害、腎炎、急性胃腸炎などである。

この菌の毒素は極めて強い毒性を持ち、二百グラムで全世界の人類を殺すに足りるという。

この毒素は熱に弱く、九十度で五分、八十度で二十分ないし四十分で無毒化するという。

「二百グラムで全人類」

片倉は医学書に記述された数字に驚いた。核兵器を奪い、あるいはこれを製造するのに比べて、ボツリヌス菌を入手、培養するのははるかに簡単であろう。テロリストがボツリヌス菌をテロの武器に使う場合を考えて、片倉は慄然とした。

これが日本の施設にはないというレベル4のエボラやラッサ等の出血熱ウイルスではリアリティを感じないが、日常生活で発症しやすい、片倉もよく名前を聞くボツリヌス菌であれば、多少バイオの知識を持つ者は容易に培養できるのではあるまいか。

片倉は水路の鯉の浮上から発して、底なしの沼へ踏み込んだような恐怖の予感をおぼえた。

4

生け簀の中の死魚からボツリヌス菌が検出されて間もなく、片倉は見合いパーティに出席した。依然として仁科里美に対する未練が尾を引いている。

だが、それだけではなかった。高野史恵と、彼女に誘われて出席した光る目の人たちの集会にも興味を持っていた。片倉は彼らのグループに入るつもりはないが、あのグループの目的がなんなのか気になっている。

史恵は片倉をすでに仲間としてグループに紹介し、彼を同志と呼んだ。年に一回の総会には、全国と世界から二万人ほどの同志が集まると、史恵は言っていた。

二万人と言えば、警視庁警察官の約四五パーセントに相当する。この二万人が、軍隊のように組織されて社会悪と戦うと、史恵は言っていた。

社会悪と判断する基準はなにか。また判断する者はだれか。師団長から分隊長まで、縦型に組織された命令系統の頂点に立つ者はなに者か。片倉は知りたいとおもった。

集会そのものは愚痴のこぼし合いのようで、具体的な議題はなにもなかった。この世は闇だ、毒だ、危険だ、世界はいま悪魔に乗っ取られようとしている。悪魔からこの世界を取り戻そうと呼びかけたリーダーに唱和して、シュプレヒコールする光る目の集団に、片倉は危険な気配をおぼえた。

高野史恵と会話が弾み、また集会の雰囲気がどんなに盛り上がっても、心に違和感が芯のように残る。片倉はその原因を確かめたかった。

また、笹塚駅ですれちがった集会のリーダーも気になっている。

相談所主催の見合いパーティに出席すると、高野史恵も来ていた。

「お久し振りですわね。前回、お見えにならなかったので、もうお会いできないかとおもっていました」

史恵は早速、片倉に声をかけてきた。彼女は毎回、パーティに出席している模様である。

「このところ、野暮(やぼ)用に追われまして、ついさぼってしまいました」

「皆さん、片倉さんがお見えにならないので、寂しがっていましたわよ」

彼女の言葉から察するに、見合いパーティではなく、集会を欠席したことを言っているらしい。

「年一回の総会はいつあるのですか」

片倉は問うた。

「毎年七月二十日、霧ケ峰(きりがみね)にある教団の研修寮で行われます」

「教団というと、新興宗教(カルト)ですか」

片倉は史恵が洩らした言葉について問うた。

「カルトではありません。同士は便宜上、教団と呼んでいますが、人生の同志の集団です」

史恵が少し強い声で言った。

「つまり、人生の悪に対して戦う同志の集まりというわけですね」

「そうです。その通りです」

「その同志の集団の団長はだれですか」

「団長……私どもは総帥と呼んでいますが、もちろん総帥にも総会にご臨席賜ります」

「ご臨席賜る……凄い偉い人なのですね」

「総帥は少しも偉ぶりません。同士のだれにでも同じように接してくださいます。同士は総帥を心から尊崇しています」

「尊崇……なんだか神様のようですね」

「同士にとって総帥は神以上の存在です。でも、総帥は神の知恵と人間の温かい心を持っているお方です。片倉さんも総帥のご尊言をお聞きになれば、きっと尊崇なさいますわ」

「ごそんげん……？」

「尊いお言葉です」

「総会に出席しないと、総帥のご尊言を拝聴できないのですか」

「二万人の同士がおりますので、総帥が個々の分隊や小隊の集会にご臨席賜ることは不可能です。でも、総会でも総帥は一人一人に語りかけるようにご尊言をくださるわ」

「二万人となると大変な人数ですが、収容する施設があるのですか」

「もちろん二万人も教団の研修所には入り切れません。入り切れない同士はキャンプします」

「一つの教団が二万人の大集会を開けば、マスコミで報道されるはずですが、これまでそんな報道に接した記憶がありません」

「総帥は教団が有名になることを嫌っています。自然観察愛好会や、世界を歩く会の名目で集まっていますので、マスコミもあまり注目しません。片倉さんもぜひ総会に出席なさるとよろしいわ」

史恵の目が粘り気を帯びてきた。彼女はきっと同志を勧誘するために見合いパーティに出席しているのであろう。

「実はですね、先日、私の家の最寄り駅で小隊長に似た方をお見かけしました。声をかけようかなとおもっている間に電車に乗られて、ドアが閉まってしまいました。他人の空似であったかもしれません」

片倉は心にかかっていたことを言った。

「その駅はどこですか」

史恵が問うた。

「京王線の笹塚駅です」

「それでしたら、小隊長ですわ。今度、笹塚駅の近くに教団のホームができたのです」

「ホーム?」

「寮ですね。同士のための寮です。心を一つにした同士たちが生活も共にしようと、各地に寮が建設されています」

「寮があるのですか」

片倉は驚いた。軍隊を模した同志が、同じ屋根の下で生活をすれば、兵舎ではないかとおもった。

「生活を共にすることによって、同士の絆はますます深くなるわ」

「寮の建設費はどこから出るのですか」

「もちろん同士が出し合うのよ」

「同志はお金持ちなのですね」

「特にお金持ちというわけではないわ。それまで住んでいた家や土地を売って、寮へ移り住むのよ」

「すると、家族ぐるみですね」

「家族のいる同士はそうなるわね」

「家族ぐるみの同志というのは大変ですね」

「みんな世界を悪魔から取り戻すために真剣に頑張っているのよ」

「この世に悪ははびこっていますが、具体的にどういう悪を敵として戦うのですか」

「すべての悪よ。私たちはこの世のすべての悪を許さない」

そう言い切ったとき、史恵の目は燐光を放ったように見えた。

「その悪をだれが悪として決めるのですか」

「総帥よ」

「でも、一人の人間が世の中の善悪を判断するのは危険ではありませんか」

「総帥のおっしゃることには絶対にまちがいはないわ」

「それでは総帥は神ではありませんか」

「そうよ。総帥は神よ。総帥は私たちにとって神よ」

「それでは結局、新興宗教（カルト）ではありませんか」

「さっきも言ったでしょう。総帥は神の知恵と人間の温かい心を持った人だと」

「仮に総帥が違法なことを善と認め、合法なことを悪と判断したら、どうなるのですか」

「もちろん総帥の仰（おお）せに従うわ。総帥の判断には絶対まちがいがないわ」

「仮定ですが、総帥が国家を悪と見なした場合、どうしますか」

「国家は私たちの敵となります。誤れる指導者によって国家が誤っていれば、私たちは是正しなければなりません」

「それは大変危険な考えだとはおもいませんか」

「おもわないわ。たとえば戦時中、日本は一部の戦争指導者によって国民が総動員され、誤った戦争に駆り立てられたでしょう。国や政府が正しいとはだれも言えないわ」

　同じように、総帥の判断が正しいとは言えないと反駁（はんばく）しようとしたが、片倉は喉元に抑えた。それを言うのを憚（はばか）るような雰囲気が史恵にはあった。

「そのような疑いが少しでもある限り、片倉さんもこの世の悪に汚染されている証拠よ。ぜひ集会にまた出てください。きっと片倉さんに新しい人生が開けるわ」

史恵はなにかに取り憑かれたような目をして説得した。

高野史恵の話は、片倉の好奇心を刺激した。史恵は説得の名手であった。相手の好奇心を巧みに刺激しながら誘導する。一種の催眠術と言ってもよいであろう。

だが、彼女の説得をもってしても、片倉の心に残る違和感は解けない。彼女の教団が敵とする悪が具体的に見えてこないのである。片倉の場合、その違和感がむしろ彼の好奇心を刺激したと言ってもよい。

片倉はふたたび、史恵に連れられて集会に出席した。今度は前回よりも大規模な中隊の集会で、会場は片倉の住居の近所に竣工した例の窓の少ないビルの一室であった。

テーブルも椅子もない、ダンス教室のような床の上に、百人を超える男女が集まっていた。前回の集会で記憶のある顔もあった。会場の正面には五十年配の総髪の浮腫んだような男の写真が飾ってある。彼が総帥であろうか。

写真のかたわらに「人間の家　東京連隊西部地区中隊集会」と大書されている。「人間の家」というのが教団の名前らしい。片倉はこのとき初めて、教団の名前を知った。

史恵の説明によると、この中隊の集会には、同志として認められた者だけが出席できるということである。つまり、片倉は同志として認められたわけである。片倉自身には同志になった意識はないが、あえて拒みもしなかった。

教団に深入りする危険性を本能的に感じていたが、好奇心の方が強かった。たった一度の出席で、同志として認められたのは、史恵の強い推薦があったからであろう。

今回の集会も内容は前回の集会とほぼ同じであったが、前回は初めから全員の話し合い集会であったのが、今回は人数が多いせいか、セレモニーがあるようである。時刻がきて、中隊長が、

「ご尊影に礼」

と発声した。出席者は正座して、正面の壁に掛けられた男の写真に向かって平伏した。

中隊長の顔を見て、片倉は驚いた。中隊長は見合いパーティの司会者であった。片倉はこのとき初めて、結婚相談所が「人間の家」となんらかの関わりを持っているらしいことを知った。

この後、小隊長の一人に小峰（こみね）と紹介された中隊長が立って訓示をして、各分隊長の指示によって七、八人のグループに分かれた。片倉は史恵と同じグループに入れられた。

グループのテーマは仕事、人間関係、家族問題、いじめ、恋愛、倒産、借金、配偶者の不貞、病気、職場の人間関係、隣人関係、親子・家族の断絶、嫁・姑（しゅうとめ）の不仲など、人間全般の悩み事であるが、大別すれば病気、争い、経済の三点に集約される。

前回ではそれぞれの悩みを語るだけであったが、今回はリーダーや出席者が悩み事を聞い

た後、解決方法を提案する。具体的な解決方法がなくとも、出席者は自分の悩み事をみんなに話すことによって、救われたような表情をする。

家族や職場や、それぞれの生活環境で対話を失った人たちが、この場において自分と同じような悩みを持った人たちと話し合い、自分の話に真剣に耳を傾けてくれる人々を見いだして、夫婦、親子、きょうだい以上に信頼できる仲間を得たような気になる。

片倉の番がきた。前回は黙って出席者の発言を聞いていただけであったが、今回は発言を求められた。

「私は高野史恵さんに誘われて、この集まりへ来るようになりました。高野さんとは結婚相談所で知り合いました。三十六歳、いまだに独身です。私はその結婚相談所で理想的な女性に出会ってプロポーズしたところ、彼女はすでに結婚していたことがわかりました。人妻でもよいから、もう一度彼女に会いたいと願い同所主催のお見合いパーティに出席している間に、高野さんからこの会に誘われたのです。私は幸いにも、皆さんのようにさし迫ったトラブルや問題はありませんが、彼女の身辺に迫っているかもしれない危険を、彼女におしえてやりたいとおもっています。そのために、彼女の行方を探しています」

片倉は自分の当面の問題を正直に話した。

中隊長が結婚相談所の職員らしいので、仁科里美がサクラであったことを言うのは憚られた。

「彼女の身に迫っている危険とは、なんですか」

笹塚駅ですれちがった小隊長が問うた。

「実は、この近くで先日、ＯＬが殺害されました。その事件について、刑事が私のところにも聞き込みに来ましたが、どうも被害者は別の人とまちがえて殺されたらしいのです。そして、私は犯人が狙っていた人物こそ、私がプロポーズした彼女ではないかとおもっています」

グループのメンバーがざわめいた。

「それは大変ですね。あなたが見合いパーティで出会ったという彼女はだれですか」

小隊長はさらに問うた。

片倉は仁科里美と言おうとして、喉元に抑えた。

彼女に警告するにしても、自分の口から伝えたい。彼女の資料は相談所に保存（ファイル）されているはずであるから、片倉が名前を明らかにすれば、相談所から彼女の耳に達する可能性がある。片倉の憶測にすぎないことを、片倉以外の人間から彼女に伝えて、不必要な不安をあたえてはいけないとおもった。

「私の憶測にすぎませんので、名前を挙げるのは控えます」

片倉は言った。

「そうですね。個人の憶測はみだりに口にしない方がよろしいでしょう」

小隊長はそれ以上の詮索をしなかった。

この間、中隊長は各グループを巡回しながら、出席者それぞれの発言に耳を傾けていた。片倉の発言中、中隊長がちょうど彼のグループに来合わせた。

このときは中隊長はなにも言わなかったが、閉会の辞として、その日の発言についていくつかのコメントをした。特に片倉の発言について、中隊長が次のようなコメントをしたのが印象的であった。

「同士の一人から、この近所で殺人事件があったことが話題になったが、殺人は人間のあらゆる罪の中で、いつの時代においても最悪の罪として規定されている。一方では、戦争において、最も大量の人間を殺した者が英雄として顕彰されている。歴史に名前を留めている英雄は、いずれも大量殺人者である。史上初の原子爆弾を広島に投下したエノラ・ゲイの機長は、いまでも自分の正当性を主張しており、同じ命令を受ければ、ふたたび原子爆弾の投下レバーを引くだろうと言っている。当時の英国首相チャーチルも、原爆の投下によって戦争の終結を早め、百万の米国人、五十万の英国人の生命を救ったと、原爆投下の正当性を主張している。

殺人は、それが発生した理由や時代環境によって、必ずしも悪ではない。殺すべく正当な理由があれば、殺人はむしろ悪ではなく正義となる。原爆の投下や、チャーチルの主張を正当化するわけではないが、神がその人間の命を召し上げることを望むならば、その人間は悪であり、悪を殺害することは正義である。我々は人間の姿、形を借りた悪に惑（まど）わされてはならない」

そして、最後に、

「悪魔から世界を取り戻そう」

と全員でシュプレヒコールをして、集会は終わった。

その日の集会の帰途、史恵が片倉にささやいた。

「中隊長が同士の発言にコメントをするなんて、珍しいのよ。中隊長は位は闘師だけれど、総師の神衛隊員なの。神衛隊員は階級は下でも、教団のエリートなのよ。片倉さんは中隊長に認められたのよ」

「そうかな。なんだか、ぼくの意見を批判しているように聞こえたけれど」

「批判ではないわ。総師の御教（みおし）えよ」

「親衛隊員とは、どういう同志がなるのですか」

「同士以上で、特に総師のお眼鏡に適（かな）った選ばれた方だけがなるのよ。小峰中隊長は総師の大のお気に入りよ」

親衛隊はヒトラーを想（オーバーラップ）起させる。

さらに史恵から、「人間の家」の会員の階級について、総師の下に師団長に相当する正師が数人おり、以下、旅団長に相当する大師、連隊長に当たる小師、大隊長に当たる準師、中隊長に当たる闘師、小隊長に当たる戦士、分隊長の同士長、同士とあることを教えられた。

これまで片倉が同志とおもっていたのは同士で、親衛隊と思ったのは神衛隊であった。

その日の集会に出席した片倉は、人間の家の危険性をはっきりと感じた。総帥は殺人を正当化し、これを会員は信奉している。つまり、総帥が悪と断定した人間を殺すことを正義と信じる集団である。

しかも、人間の家は社会に対して攻撃的である。総帥の集団催眠にかけられた会員（信者）たちは、その危険性をまったく認識していない。集団催眠によって批判精神を眠らされてしまっていた。

最も親密であるはずの家族と断絶した人や、自分自身の喪失者は、より確かな存在、全体的なものを求めてさまよう。そこに集団催眠術に長けた指導者が現われれば、藁をもつかむような気持ちになっている人々はたちまちはまり込んで（洗脳されて）しまう。

精神と、持てるもののすべてを指導者（催眠術者）に捧げてしまう。これこそ指導者の狙いである。教義がなんであれ、指導者の教えが信者の生き方の基準となり、精神の拠点となる。指導者の教えが絶対の正義であって、これに反するものはすべて悪となる。

新興教団は特定の指導者（教祖）に洗脳されて、批判力や独自の判断力を失った小さな盲信集団である。だが、二万人も盲信者がいるとなると、もはやカルトではない。

一九九六年に公表されたフランス国民議会の報告書「フランスにおけるセクト（＝カル

ト)」の十項目にわたる定義のうちの一つに、反社会的な教説が挙げられているが、殺人の正当化はまさにそれに該当する。

まだ人間の家に接触したばかりで、その実態はよくわからないが、指導者が悪と見なしたものに対する戦闘的な姿勢は、「フランスにおけるカルト」の定義のうちの公共秩序の攪乱(かくらん)や、生まれ育った環境との断絶の教唆(きょうさ)（寮生活）などにも該当する。

ここまで自分の思案を追った片倉は、川島洋子殺害事件についての小峰中隊長のコメントを想起して、はっとした。なぜ、彼女の被害について、小峰は特にコメントしたのか。

小峰は川島殺害事件について、特におもい入れがあったのか。あれは一般論としてのコメントではなく、個人的な、あるいは人間の家と特別な関わりがあってのコメントではないだろうか。片倉は自分の一瞬の発想を見つめた。

片倉が発言したＯＬ殺害事件についてリアルタイムに反応したために、小峰、あるいは教団との関わりが覗いてしまった……？

仁科里美は結婚相談所(エスパウズ)に雇われたサクラであった。エスパウズは人間の家の機関である可能性がある。仁科里美は人間の家の秘密を知りすぎて、川島洋子が誤殺された。

（まさか）

人間の家がもし事件に関わっているとすれば、その新拠点の近くで被害者を殺害するはずがない。片倉は自分の発想を自ら打ち消した。だが、打ち消すかたわらから、発想は膨張してくる。
二日後、片倉は新聞紙上に興味ある記事を発見した。『科学者の倫理と責任』と題して、「七三一部隊の医学者たちの行方」と副題が付けられている。筆者は新田暁という哲学、社会学の学者であり、近年、核時代・バイオ時代の人権と環境問題について活発に発言している。

――七三一部隊は、旧日本陸軍が中国東北部、旧満州・ハルピン郊外に開設した細菌戦部隊であり、一九三〇年代より日本の敗戦まで、約三千人の中国人を主とした人体実験を行なって、細菌（主としてペスト菌）を兵器として研究・開発した部隊である。マルタと呼ばれた三千人を超える人体実験の被験者はすべて殺害された。

同部隊の研究成果の独占を狙っていた米軍と、七三一部隊幹部との間に取り引きが成立し、部隊長石井四郎、北野政次軍医中将らは、研究データを米軍に引き渡し、代償として戦争犯罪責任を免れた。

米国は国家の安全保障のために、七三一部隊の研究成果を格安の掘り出し物として評価したのである。このために、同部隊の秘密は終戦後三十八年間、秘匿されていた。――

片倉はアウシュビッツと並ぶ世界の二大戦争犯罪とされている七三一部隊については興味を持っていた。

「現代は科学の時代であると共に、科学のあり方によって人類の運命が左右される時代、したがって科学者の倫理と責任が問われる時代である」という書き出しで始まる本文の大意は、次のようなものであった。

――米軍との取り引きによって免罪された七三一部隊の医学者たちは、どこへ行ったのか。自らが犯した罪を厳しく反省した少数の医学者を除いて、彼らは人体実験による業績によって、大学教授や医学部長、あるいは学長となり、またその研究成果を利用して、血液製剤の会社を起こし、米軍と癒着して巨利を得た者もいる。

彼らの中には七三一部隊の研究が、今日の日本の医学を支えているとうそぶいた者もいるほどである。

だが、米軍は七三一部隊の研究成果を引き取っただけで満足したのであろうか。七三一部隊の研究成果が朝鮮戦争において利用され、七三一部隊が培養した流行性出血熱ウイルスが三十八度線以南とソウル以北間に散布されたことは確認されている。

また、ベトナム戦争においても、同部隊の研究成果が使用された疑いがある。

以前から、そのような疑問を持っていた私に、国立防疫衛生研究所（略称防研）の当時の所長が、防研が一九四七年、米占領軍の示唆によって設置されたことを証言してから、私は防研に強い関心を抱いて独自の研究をつづけたが、その結果、驚くべき事実が判明した。

すなわち、防研四十一年間の歴史のうち、三十四年間の七人の所長のうち二人が七三一関連部隊に所属し、四人がその協力者で、初期の部長の多くも七三一部隊関係者であった。

また防研は日本占領中はもちろん、講和後も長期にわたり、米軍四〇六部隊（細菌戦研究所）などの下請け研究を行ない、各種病原体の人体実験を行なった者がいたことも判明した。今日、防研の幹部の世代は交替し、その研究業績のうちには貴重なものが多いが、現幹部は七三一部隊から引き継いだ遺産をどのように総括しているのか。

現防研の体質は七三一部隊の遺伝子から自由なのであろうか。

防研は大量の病原体・組み換え遺伝子・放射性物質・有害化学物質・実験動物を扱う日本最大の病原体・遺伝子組み換え実験施設である。当然、バイオ時代の新しい公害である生物災害（バイオハザード）が発生する危険を否定できない。

この防研が元軍医学校跡地、新宿区戸山の日本最大密度の住宅密集地に移転するための着工強行は、住民、早大、新宿区議会に反対され、バイオ時代の人権侵害として重大な社会問題になっているが、問われているのは防研の安全性だけではない。防研の秘密主義、七三一部隊から引き継いだ危険な体質、その下での科学のあり方と倫理なのである。——

新田教授の文章が新聞に発表された三日後、ふたたび同紙に防研の幹部から反論が寄せられた。筆者は小峰真（まこと）、肩書は防研バイオセーフティ管理室長となっている。

小峰の反論の大要は次の通りであった。

——現代の医学では病気、および病人を冷静に見つめる科学者としての目が要求されており、医学の分野にも、人工授精、臓器移植等の先端科学が導入されつつある。

一方、医学は病める者を救おうとする情熱と意志を基本とするものであり、現代は医学者の心がさらに問われる時代と言える。しかし、人間は常に、必ずしも健全な精神を保持し得るとは限らない。七三一部隊は戦争という異常環境の内で医学の心を見失った医徒の忌むべき例である。

敗戦後数年間の日本は腸チフス、赤痢、発疹チフス、日本脳炎、ツツガムシ病など伝染病の温床であった。このような劣悪な環境は日本人だけではなく、占領軍にとっても脅威であり、米軍と防研との協力は当時の時代環境としては当然であった。

防研は米軍の下請けと断ずる新田氏の非難は偏見による推測にすぎない。

「日本が戦時中に犯した侵略行為を清算することなく、安易にアジア諸国に出て行くのは不謹慎」と批判されたことがあるが、私は病める者の苦しみを無為に見過ごすことこそ無責任だとおもう。

医学の目的は、他の生命を保全する一事のほかになすべきことがないのは論をまたない。研究者が自らの研究を中断してまで、発展途上国への協力をつづけているこの事実を見ても、防研の医学研究者としての体質は健全なものであると信じている。

過去の一部の汚点を拡大し、現在の防研の体質を歪めて推測する新田氏の論法は「羹に懲りて膾を吹く」ということにならないだろうか。――

片倉は小峰真の反論を読んで、彼が防研の体質に過去の一部の汚点が尾を引いていることを否定していないのが気になった。

だが、それよりも片倉の興味を惹いたのは、反論と共に掲載されていた筆者の顔写真である。片倉はその顔写真に、まだ新しい記憶があった。

反論の筆者・小峰真は先日、人間の家の集会に出席していた中隊長であった。人間の家の集会時と少し様子が変わっているが、紛れもなく同一人物である。

結婚相談所（エスパウズ）の見合いパーティ司会者の意外な側面である。

中隊長の正体は防研のバイオセーフティ管理室長というものであった。それが果たしてどういう職制か、正確なことはわからないが、要するにバイオハザード防止のための安全管理を掌る（つかさど）ような部署であろう。

片倉は防研の移転・実験に対して反対運動が起きていることは知っていた。最大危険の病原体を扱う日本最大の施設である防研の幹部が、なにやら危険なにおいを発散している新興教団「人間の家」の中隊長であり、高野史恵からの伝聞であるが、総帥の信頼厚い神衛隊員であることに、片倉は不吉な予感をおぼえた。

人間の家の新拠点が完成して間もなくその近くでＯＬ殺害事件が発生し、現場を流れる水路の魚が相次いで死んだ。このことと防研のバイオセーフティ管理室長なる人間が、人間の家の神衛隊員であることと関連性はないか。

病原体・遺伝子組み換えの日本最大規模の研究施設である防研が、生物災害(バイオハザード)の危険性の温床であることは否定できない。

この温床とOL殺害現場付近に新拠点をつくった人間の家が密接な関わりを持っていれば、現場に沿った水路に浮上した魚の死因を、防研から運び出された病原微生物ではないかと疑うのは短絡であろうか。

病原微生物研究施設の職員になんら故意がなくとも、職員が感染して外出すれば、感染が拡大する危険性がある。また、職員や関係者は、病原微生物を故意に外部に持ち出せる位置にいる。

そのような危険な位置にいる人間が、危険な気配を発散する団体に深く関わり合っている。この事実が片倉の不安を促していた。

教義なき教団

1

新宿署に奇妙な訴えが出された。

新宿区大久保二丁目の住人から、二十一歳になる大学生の娘が「人間の家」という教団に入信し、突然家出をして、教団の寮に入ったまま連絡が取れないのでなんとかしてほしいというものである。

二十一歳は立派な成人である。信教の自由は憲法で保障されている。成人が自分の意志によってどんな宗教を信じ、その教団の寮に入ろうと自由である。

人間の家は宗教法人法に則(のっと)って設立された宗教団体である。その主たる事務所は栃木県にあった。現在、教勢を急速に拡大して、全国各地にライフスポットと称する拠点を建設している。

訴えを出した両親の話によると、娘は世田谷区大原一丁目にできたライフスポットに入居すると言って、三週間前に家を出たまま消息が不明になってしまったということである。

この時期、各署に同様の訴えが出されていた。訴えを受けた新宿署では、その扱いに困惑した。これは誘拐や拉致・監禁というものではない。本人が自分の意志によって宗教法人の寮に入居したということである。連絡がないのも本人の勝手であって、警察が介入すべき問題ではない。

訴えを聞いた係官は、

「警察としては事件でない限り動けません。教団担当者に頼んで、電話を取り次いでもらうなり、メッセージを託してはいかがですか」

とアドバイスした。

「もちろん教団に頼みました。しかし、娘が話したくない、会いたくないと言っているという一点張りで、いまはどこにいるのかもわかりません。娘が入居したという寮にも訪ねて行ったのですが、現在そこにはいないということで、それではどこへ行ったのかと尋ねても、娘が知らせないでくれということで要領を得ません。

二十一歳とはいっても、まだ甘えん坊で、親がかりの身が、突然家出をしたまま電話一本、葉書一枚よこさず、大学も卒業を前にして中退同様に登校しなくなったのは異常です。はたして元気でいるのか、生きているのか死んでいるのかもわかりません。こうしている間も、娘の命が危険にさらされているようで、居ても立ってもいられません」

と両親は訴えた。

だが、警察としても、本人が宗教団体に入信するという意志を示して家を出、両親に連絡をしてこなくとも事件にはならない。

失踪前、娘には特に親しくしていた男性もなく、人間関係のもつれや、金銭問題も見当たらない。暴力団関係者や、大きな取り引きにも関わっていない。他人の恨みを買ったり、ストーカーにつきまとわれていた様子もない。

この訴えが、牛尾正直の耳に入った。訴えを受けた担当者が牛尾と親しく、ふと洩らした女子大生の家出が牛尾の興味を惹いた。

「その教団は、なぜ電話を取り次いでやらないのかね」

「本人の意志だそうです」

「本人の意志かどうか、確認したわけではないだろう」

「確認は取れていません。しかし、教団がそのように言う以上、どうしようもありません」

「人間の家という教団は最近、時どき耳にするが、その実態も、教義も、教祖も曖昧模糊としているね。どうも胡散臭い」

牛尾は宙を探るように見た。

大体、インチキ教団は信者を入信前の生活環境から隔離したがる。家族が連絡や面会を求めて来ても、本人の意志ということにして情報を遮断し、社会から完全に隔絶してしまう。

「彼女が入居したという教団の寮は、どこにあるんだね」

「世田谷区大原一丁目××番地だそうです」

牛尾は都の区分図で該当する住所地を探した。渋谷区との境に接しており、京王線笹塚駅と代田橋駅の中間、やや代田橋寄りである。

地図を睨んでいた牛尾は、はっとしたような表情をした。

「牛（モー）さん、どうかしましたか」

かたわらに居合わせた同僚の青柳が問うた。

「先日、この近くでＯＬが殺されたね。代々木署に捜査本部が設置されたが、その現場が女子大生が入居したという教団の寮の目と鼻の先にある」

「偶然じゃありませんか」

要するに、殺人現場の近くに新興宗教の拠点があったというだけにすぎない。

「とおもうが、気になるな」

「代々木署の捜査本部には那須班が参加しています。連絡してみますか」

青柳が牛尾の顔色を探るように見た。那須班のメンバーとはこれまで何度も捜査を共にして、顔馴染の間柄であった。

「いや、まだ私の直感にすぎない。個人の直感をへたに連絡して、捜査を混乱させてはいけない」

牛尾はまだ、自分の直感的な発想に説得力がないのを知っている。直感を信じても、相手を納得させるためにはあらゆる可能性を検討しなければならない。

「しかし、現場と女子大生が入居したという寮は至近距離ですよ」

「青柳（ヤギ）さんも言ったじゃないか、偶然だろうって」

「私も気になってきました」

「だったら、ちょっと調べてみるかね」

今度は牛尾が青柳の表情を測った。

早速、二人は女子大生の家出について独自に調べ始めた。まだ事件ではない。犯罪被害容疑のある所在不明者までにも至っていない。

所在不明者というよりは、三週間連絡が絶えた（それも本人の意志という形で）だけである。若い娘が両親と対立して家出をするのは、決して珍しいケースではない。家出人が家族と連絡を絶つのは異とするに足りない。

牛尾と青柳は訴えてきた女子大生の両親に会うことにした。

女子大生の名前は朝野（あさの）則子（のりこ）、二十一歳、東方大学文学部四年生である。父親の朝野善信（よしのぶ）は大手商社を脱サラして、コンビニエンスストアを経営している。

二人が会いに行くと、朝野は警察が本腰を入れて調べ始めたとおもったようである。

「お嬢さんが人間の家に入ったということですが、それは確認されていますか」

牛尾は問うた。

「本人がそのように言っていました」

「お嬢さんが家出をする前に、ご家族との関係はうまくいっていましたか」

「それはどういう意味ですか」

「たとえば親子の間に断絶があったとか、意見が対立してぎくしゃくしていたというようなことはありませんでしたか」

「そういうことは一切ありませんでした。あの娘（こ）は甘えん坊で、二十一歳にもなって、いつも母親べったりなので、かえって心配していたくらいです。友人グループと一日二日の旅行に出かけるのさえ心細そうでした。そのせいで、海外旅行へも行ったことがありません」

「そのお嬢さんが突然、教団に入信して家出されたということですが、人間の家を家出の口実にしたというようなことはありませんか」

「どうして口実にするのですか」

「つまり、お嬢さんに、ご両親に隠した恋人のような存在がいて、人間の家を口実に、その恋人の許（もと）へ行ったというような可能性は考えられませんか」

「それはないとおもいます。あの娘は晩生（おくて）で、親が心配になるくらい男性に対して消極的でした。二十一歳にもなって、ボーイフレンド一人いませんでした」

「グループで交際していませんでしたか」

「昨年夏、大学のゼミグループで北海道へ旅行しましたが、旅行半ばで一人で帰って来ました。どうしたのかと聞くと、グループ内の男女学生が親しくしているのがいやらしいと、腹をたてて帰って来たそうです。男女の交際に潔癖なところがありました」

「お嬢さんが人間の家に入ったのは、どんなきっかけからですか。友人に信者がいて、誘われたとか、教祖や幹部の講演を聞いたとか、なにかのきっかけがあったとおもうのですが」

人が一般に、カルトと呼ばれる教団に入るのは、信者に街で声をかけられたり、友人から勧誘されたりするケースが多い。孤独で内向的な人間は、カルトグループに入ることによって、自分がグループからメンバーとして求められていることを知って生き生きとしてくる。

二十一歳になっても親に依存し、社会的自立のできない自閉的な女性がグループメンバーとして認められ、見失っていた自分を発見する。グループメンバーとの間にコミュニケーションが成立する。

これまで家庭の中で親と交わしていた、子供を一人前として見ない一方的な会話と異なり、自分を独立した人間として見なす対等の会話がそこにあった。親にとってペットのような存在にすぎなかった子が、一人前の人格として求められている。

グループに参加して、初めて彼らは自立し、社会に参加したような意識を持つ。グループ内で初めて社会人として自己が確立したのである。

だが、これはカルトが獲物を取り込むために巧妙に仕掛けた罠である。獲物が完全に罠にかかったのを見極めると、カルトグループは獲物の入信前の人間関係や、思想、生活史などと完全に絶縁することを求めてくる。

「そう言えば……」

朝野がなにかをおもいだしたような表情をした。

「そう言えば、なんですか」

「則子は家出前に、自衛隊に興味を持っていました」

「自衛隊に？」

「家出前に、友人に誘われて、自衛隊に二泊三日の体験入隊をしたのです。そういう体験も悪くないとおもいましたが、そのときから自衛隊に興味を持ったようです」

「その体験入隊とお嬢さんの教団入信とは関連があるのですか」

「人間の家は世界の悪と戦うために、自衛隊を超える戦力で武装しなければいけないと言っていました」

「自衛隊を超える戦力で武装……それはずいぶん物騒な話ですね」

「私もそうおもいましたので、武装する宗教団体は危険だと言いましたが、戦車や大砲で武装するわけではない。精神を武装するのだと言っていました。そして、そのために同志が強く団結しなければいけないと、熱に浮かされたように主張していました。いつもの娘とは別人のようだったので、驚いたものです。

また宗教団体が、その自由を弾圧する、時の権力と戦うために実際に武装するのは、歴史的にも珍しいことではないと言っていました」

「いまは宗教の自由は憲法で保障されていますよ」

「それは見せかけだけの自由で、宗教の自由はない。正義のために、教団の自由のために戦わなければいけないと、なにかに取り憑かれたように言い張っていました。それから間もなく、真の自由と独立のために、同志と共に生活をすると言って家出をしてしまったのです」

「お嬢さんが入居したという教団の寮へは行きましたか」

「はい、行きました。しかし、教団の関係者は、娘はすでにそこにおらず、現在いる場所は本人の希望で明かせないと言うばかりで、伝言だけは預かるということでしたが、果たして娘に伝わったかどうかわかりません。娘が元気にしているという教団関係者の言葉を信じて、引き返すほかありませんでした」

「お嬢さんが元気にしておられる具体的な証拠はあるのですか」

「教団関係者の言葉だけです。ご両親のそのような心配が、子供を親の私物化し、一人前の人格としての自立を阻んでいると、逆に説教されました。しかし、親にしてみれば、成人したとはいえ、二十一歳の若葉マークが突然、得体の知れない教団に入信して、音信不通になってしまったのですから、心配せざるを得ません。このごろは夢の中で、あの娘が救いを求めている声を聞きます」

「お嬢さんが自衛隊に体験入隊をされてから、人間の家の名前が出るようになったのですか。

あるいはそれ以前から教団の名前をお嬢さんの口から聞いていましたか」

「体験入隊以後だったとおもいます」

「友人に誘われて体験入隊したということですが、その友人の名前はわかりますか」

「大学の友人らしいのですが、名前はわかりません」

「お嬢さんから川島洋子という名前を聞いたことはありませんか」

「さあ、そういう名前は聞いたことはありません。だれですか、そのかわしまとかいう人は……」

「聞いたことがなければけっこうです。お嬢さんと特に親しかった大学の友人を何人かおしえていただけませんか」

牛尾は川島洋子が教団拠点の近くで殺されたことを告げて、両親に無用の不安をあたえたくないとおもった。

朝野則子の両親から事情を聴いても、本人の意志による家出で、犯罪被害容疑のある所在不明者とは言えない。相手は宗教法人であるので、警察が軽率に介入すべきではない。

犯罪容疑もないのに事情を聴けば、憲法の保障する基本的人権の侵害とされかねない。

「どうも物騒な気配だな」

朝野則子の両親に会った帰途、牛尾はつぶやいた。

「自衛隊のことですか」

青柳が言った。

「自衛隊が物騒というわけではないが、人間の家の信者に自衛隊員の気配があるのが気になる」

「宗教の信者に自衛隊員がいようと警官がいようと、べつにおかしくないでしょう」

「教団の教義が戦闘的で、自衛隊の戦力と結びつくと物騒だよ」

「世界の悪と戦うために、自衛隊以上の戦力で武装するという教義ですか……」

「人間の家の教義はよくわかっていない。だが、朝野則子が口走ったという教団の精神の武装は、実際に国家の戦力である自衛隊員が信者になったとき、精神の武装に止(とど)まっていられるかね」

「牛(モー)さんの考えすぎじゃありませんか。自衛隊員が即戦力というわけではありません。信教の自由は自衛隊員にも保障されていますよ。自衛隊をそのように色眼鏡で見るのは偏見じゃありませんか」

「そうだな。たしかに偏りすぎたようだ」

牛尾は自戒するように言った。要するに、牛尾の直感から発した疑惑にすぎない。

だが、最近、教勢の伸張著しい人間の家が、国家の暴力装置としての自衛隊と密接な関わりを持った場合を想定すると、牛尾の不安は鎮まらなかった。

宗教は本来、激しいものを内部に抱えている。宗教自体が権力として存在し、武力や政治によって覇権を握った者と競合する。権力者にとって宗教は警戒すべき大圧力団体であり、信者が権力者よりも宗教の指導者を尊崇するのは好ましくない傾向であった。宗教は時の権力によって警戒され、弾圧されるという宿命を持っている。

これに対抗するために、宗教自体が武装し、戦闘的にならざるを得ない。また宗教内部においても教義が枝分かれし、各教義の指導者が権力争いをする。宗教自体がそのような危険な激しさを体質的に抱えており、信教の自由の名分のもと、カルトが宗教を隠れ蓑によく使う。

宗教とカルトのちがいはどこにあるのか。牛尾はその道の専門家ではないが、宗教は教義が第一義であり、カルトが第一義とするものは教義ではなく、そのカルトの指導者（創立教祖）が設定した私的目的であると考えている。

カルトの目的とするところは、権力、利益の追求、支配（教祖をピラミッドの頂点とする唯一無二の独善社会の確立）などである。

人間の家の教義が一向に見えてこないのは、教義を第一義としていない証拠と言えよう。人間の家という教団が統一する世界の確立が第一目的であれば、教義は問題ではなくなる。

宗教を権力追求の道具にした人間が神として尊崇され、他の信仰はすべて悪とされる。このような教団の教義や性格が曖昧模糊としているのは、宗教を隠れ蓑としているカルトとしては当然と言えよう。また、このようなカルトにとって、真の戦力はどうしても手に入れたいところであろう。

牛尾は青柳から偏見を戒められたが、朝野則子の家出前の自衛隊体験入隊が頭にこびりついて離れなくなった。

2

数日後、朝野善信から牛尾に電話がかかってきた。電話に出た牛尾は、朝野の口調から、新しい進展があった気配を悟った。

「先日はわざわざお越しいただいて、有り難うございました。実は、あの後、娘の書棚を整理していましたら、妙な本が出てまいりました」

朝野は言った。

「妙な本といいますと」

「これからお持ちいたします」

「いや、私の方からまいりましょう。その方が早い」

幸い身体が空いていた牛尾は、朝野家へ駆けつけた。

「実は、このような本が書棚の隅にありました」

朝野は一冊の書物を差し出した。

味もそっけもない茶褐色の表紙に、『特殊武器防護』と横文字で印刷された本であった。下端にやや小さな活字で、陸上自衛隊幹部候補生学校、背表紙に教程、さらに裏表紙に非売品と刷られている。文学部の女子大生におよそ似つかわしくない本であった。

「これがお嬢さんの本棚にあったのですか」

牛尾は緊張した。陸上自衛隊の教程が家出をした女子大生の書棚の奥から出てきた。

「これまでにも娘の居所がわかるかもしれないとおもって、娘の部屋を調べていたのですが、本棚には注意していませんでした。背表紙に教程と書かれていたので、一体なんの教程かとおもって引き出してみましたら、陸上自衛隊と書かれていたので、娘の家出となにか関係があるのではないかとご連絡したのです」

「お嬢さんは平素、どのような本を読まれていましたか」

「専攻が国文学ですから、日本文学の古典が多かったです。また、ベストセラーもよく読んでいました」

「自衛隊の体験入隊以前に、この本はありませんでしたか」

「特に注意をしていませんでしたが、こんな本を読んでいたのは見たことがありません。たぶん体験入隊のとき、あるいはその後、手に入れたのだとおもいます」

「非売品とありますね」

「そのとき知り合った自衛隊の関係者から手に入れたのではないでしょうか」

ざっと本のページを繰ってみると、内容は核兵器、化学兵器、細菌兵器について詳しく解説している。どう考えても、女子大生の愛読書ではない。

「この本を少しお貸しいただけませんか」

「どうぞ。そのつもりでご連絡したのです。娘の行方を突き止めるなんらかの手がかりになればよいのですが」

牛尾は朝野則子と自衛隊との関わりを確信した。これは自衛隊の内部資料である。非売品と印刷されているところを見ても、女子大生が簡単に手に入れられるものではない。

しかも、その内容は核兵器以下、大量殺傷兵器の解説である。朝野則子はこんなものを読んで、人間の家に入信したのだ。

牛尾は朝野善信から領置した『特殊武器防護』のページを一枚ずつ繰った。ページの間からはらりと落ちたものがあった。つまみ上げてみると新聞のスクラップらしい。

一枚は『科学者の倫理と責任』と題した新田暁という学者の論文。

もう一枚は国立防疫衛生研究所のバイオセーフティ室長・小峰真という人物の、新田暁論文に対する反論である。

国立防疫衛生研究所なる施設の存在は牛尾も知っている。新宿区の超密集地域への移転計画を発表し、住民や識者の反対運動にもかかわらず、強制着工して裁判になっている。スクラップの文章はその防研をめぐるやり取りである。

このスクラップが教程の中に入っていたということは、朝野則子がこの文章の筆者に興味を持っていたということであろう。

新田暁は『科学者の倫理と責任』の文中で、防研の体質を厳しく批判している。各種病原微生物の研究施設である防研に、旧日本軍細菌戦部隊の残党が多数関わっていたという事実は驚異であったが、病原微生物という言葉が牛尾の意識に引っかかった。

教程の中に細菌兵器の解説があった。すなわち、病原微生物を兵器に転用したのである。病原微生物の研究機関と自衛隊が結びついても、なんら不思議はない。そして、この両者に人間の家(カルト)が関わっていれば……牛尾の意識の内に、人間の家、自衛隊、家出女子大生、殺人事件、防研がリンクして、明滅しながら妖(あや)しい光を放った。

3

牛尾はOL殺害事件捜査本部に参加している捜査一課の棟居に、非公式に自分の意見を伝えてみることにした。棟居とは過去、いくたびも捜査を共にして気心が知れている。

牛尾よりずっと若いが、科学的、組織的捜査にスポイルされやすい若手が多い中で、優れた観察力の持ち主で、牛尾のようなベテランの嗅覚(きゅうかく)と直感を尊重してくれる。

棟居は牛尾の意見に熱心に耳を傾けてくれた。

「まことに私の独断と偏見による発想ですが、どうも気になりましてね、棟居さんの意見を聞きたいとおもって、おもいきって話してみました」

「牛さん、大いに参考になります。私も現場の近くに新設された人間の家の拠点が気になっていました。これまでの捜査では、人間の家と殺人をつなぐ具体的なものは露れていませんが、現場のそばを流れる水路の魚が、事件後しばらくして死んだことが聞き込みの網に引っかかっています。上流に魚が死ぬような有害物質を排出しそうな企業や事業所は見当たりません。もし人間の家に防疫衛生研究所の人間が関わっていれば、有害微生物を水路に流すことができます。有害微生物が水路に流されたとしても、故意か過失か。故意だとすれば、その目的はなにか。まだわからないことが多いですが、人間の家に入信したという女子大生の書棚にあった教程とそのページに挟み込んであった防研職員の論文は見過ごせませんね。

内容は物騒な解説ばかりじゃないですか。この中の化学兵器と生物兵器は水路の魚が死んだ有害物質になり得ます。その有害物質の運び手として、自衛隊、あるいは防研関係者が人間の家の信者であるなら、水路の魚の死因と結びつけられます。問題は魚の死因と殺人の関連性の有無です。関連があるとすれば、どのように関わっているのか。早速調べてみます。牛さんの着想がなければ、殺人と人間の家を結びつける発想は我々にはありませんでした。大いに感謝します」

棟居は謝意を表した。

「よけいな口出しをして、捜査を混乱させなければよろしいのですが……」

「牛（モー）さん、なにを言うんですか。あらゆる可能性を検討するのが捜査員の資質だと、牛（モー）さんがおしえてくれたんじゃありませんか」

「そんなことを言いましたかな」

「言いましたよ。牛（モー）さんからおしえられたことは肝に銘じています」

「それは恐縮です。女子大生の父親から領置した教程は、棟居（ムネ）さんにお預けします」

牛尾は教程を棟居に託した。

自由の乱用

1

牛尾の着想は棟居の意識に新しい展望を開いた。棟居は知り合いの自衛隊関係者に『特殊武器防護』について尋ねたところ、この教程は陸上自衛隊の前線の指揮官となる幹部候補生、すなわち大隊長、あるいは中隊長クラスの幹部養成のためにつくられた教科書ということである。

自衛隊の隊内教育用教科書には必携、教範、教程の三種があり、必携と教範は自衛官の身分証明書を見せれば、駐屯地（ちゅうとんち）の売店で購入できる。教程は教育期間中、幹部候補生学校において生徒に貸与され、教育終了後回収されるマル秘資料ということである。

特に『特殊武器防護』は国家の安全保障に関わる自衛隊の機密資料ということであった。それが普通の女子大生の本棚の中にあった。これをどう解釈するか。棟居の頭が熱くなってきた。

牛尾の着想は事件に新たな展望を開くものであったが、捜査会議を納得させるのは難しい。

要するに、人間の家という胡散臭いカルトの新拠点と、担当する殺人事件の現場が近いというだけである。この両者の接点がない。だからこそ、牛尾も非公式に棟居に連絡してきたのである。

牛尾からの連絡後しばらくして、片倉宏がタイミングよく棟居を捜査本部に訪ねて来た。

棟居は片倉がなにかをくわえて来たことを直感的に察知した。案の定、片倉がもたらした情報は衝撃的であった。

片倉が仕掛けた生け簀の魚が死んで、これを専門家に調べてもらったところ、ボツリヌス菌が証明されたという。棟居がすでに調べた防研で研究されている感染症の主なものの中に、ボツリヌス中毒が含まれている。

片倉の情報は犯行現場と人間の家との接点となる。つまり、人間の家に関わっている防研職員、あるいは関係者がボツリヌス菌に感染して人間の家へ来たか、またはボツリヌス菌を人間の家に運んだ可能性である。

ボツリヌス菌を運搬した者がいなければ、都内の住宅地域に突如、ボツリヌス菌が自然発生するということは考えられない。ここに人間の家と犯行現場にボツリヌス菌という危険な橋が架けられた。

「わざわざご足労いただいて、貴重な情報を提供してくださり、有り難うございます」

棟居は片倉に礼を述べた。

「いいえ、素人考えをへたに警察に申し上げて、捜査の邪魔にならなければよろしいのですが」

「そんなことはありません。市民のご協力が事件の解決に大いに貢献することがあります」

「それを聞いて安心しましたよ。来た甲斐がありました。それでは、私はこれで失礼します」

立ち去りかけた片倉に、

「そう言えば、片倉さんのお宅の近くに人間の家という新興宗教の寮ができましたね」

と棟居は、さりげなく問いかけた。

「人間の家をご存じですか。実は、私も誘われて、あの集会に二回参加しました」

「えっ、片倉さんが集会に参加した……」

棟居は驚いた。

「二度目は、いま刑事さんが話題にした寮で開かれた集会に出席しました」

「人間の家は一応、宗教法人ですが、一体、どんな教義なのですか。教祖も表に現われず、どうもよくわかりません」

「私も二回出席しただけですが、同士、同じ士（さむらい）と書きますが、と称する信者は世界に二万人いるそうです。教義は、要するに世界の諸悪に対する戦いです」

「世界の諸悪というと、具体的にはなんですか」

「この世は闇であり、毒であり、危険であって、世界はいま悪魔に乗っ取られようとしているのだそうです。信じられるのは同士だけで、同士を増やして、悪魔からこの世界を取り戻そうということらしいのですが」

「世界が正義と善と幸福だけに満たされている極楽であれば、戦争も犯罪も公害もなく、我々警察も不要になるわけですが、そのような悪はなにもいま始まったわけではないでしょう」

「私もそうおもうのですが、彼らは信頼できる同士を集めて、悪に対抗できる戦力を養っているそうです」

「悪と戦うの、戦力を養うのと、なんだか戦闘的な教団ですね」

「総帥を頂点に、師団長から分隊長、一般同士まで、軍隊を模した縦型命令系統の確立した組織になっているようです」

片倉の言葉に、棟居は軍隊を模した教団が自衛隊と結びつく危険性をおもった。だが、その危惧を隠して、

「信者、いや、同士に自衛隊員はいましたか」

「特に紹介はされないので、自衛隊員がいたかどうかわかりませんが、自己申告という形で、それぞれの悩みを話し合ったときの内容から、会社員、ＯＬ、看護婦、商店の経営者、主婦などがいました。ロシア系、東南アジア系の外国人も何人かいましたよ」

「国立防疫衛生研究所の職員はいませんでしたか」

「防研のバイオセーフティ管理室長・小峰真なる人物の論文が新聞に発表されていました。はっきりと名乗ったわけではありませんが、その顔写真の主が人間の家の集会の司会者でした」

ここに犯行現場と人間の家を結ぶ具体的な接点として防研職員が登場した。

「あなたが読んだという小峰氏の論文はこれですか」

棟居は牛尾から提供された教程に挟み込まれていたという新聞スクラップを差し示した。

「そうです。この記事です。刑事さんがどうしてこれを?」

片倉が不審げな表情で問い返した。棟居はその質問に直接答えず、

「片倉さんは人間の家に入信したのですか」

と問いかけた。

「いいえ、入信するつもりはありません。信者、いや、同士から誘われて、好奇心から出席しただけです」

「今後も出席されますか」

「いいえ、もう出席しません」

「なぜですか」

「なんとなく胡散臭い感じがするからです。これ以上、深入りしない方がいいなとおもいま

した」

「参考までに、あなたを人間の家の集会に誘った人はどなたですか」

「先日、お話しした結婚相談所で知り合った女性です」

「あなたがプロポーズしたというサクラですか」

「いいえ、仁科里美さんとはその後、会っていません。彼女とは別の女性メンバーです」

「結婚相談所であれば自衛隊員もメンバーになっているかもしれませんね」

棟居はふとおもいついた。

「そう言えば、相談所の機関誌に掲載されていたプロフィールに自衛隊員がいました」

片倉がおもいだしたように言った。棟居の胸の内に兆(きざ)していた危惧が次第に明確な輪郭を取りつつあった。

宗教法人を表看板、あるいは隠れ蓑(みの)にした教団(カルト)は、多様な側面を持っている。カルトの資金源として各種事業を経営するかたわら、洗脳機関として各種教育機関を擁している。教勢を拡大するために、これら事業所や学校を手先にして信者を獲得する。信者に有名芸能人やスポーツ選手がいれば、客(信者)寄せパンダとして利用する。

外国のカルトでは、住宅、不動産、化粧品、食品、ホテル、レストランなどを経営し、音楽、美術、演劇学校や芸能プロダクションなどを擁している。これらの側面はカルトの正体のカムフラージュとして利用される。暴力団の舎弟企業(フロント)と同じである。

日本のカルトも、コンピューター、健康食品、家具、医療機器、出版社、中華料理店などを経営している。

棟居は結婚相談所を信者獲得機関に使っていたアメリカのカルトがあったことをおもいだした。日本でもカルトが結婚相談所を経営しているとしても不思議はない。結婚相談所には各方面から男女が集まる。年配の男女も少なくないが、若い男女が主体である。若者が戦力の中核となることは、どんな形の戦闘集団においても同じである。信者を獲得するための畑として、結婚相談所は恰好の土壌である。

棟居は相談所が雇ったサクラはすべて、信者獲得の勧誘員ではないかとおもい当たった。被害者が結婚相談所が雇ったサクラとまちがえられて殺害されたのであれば、相談所が犯行に関わっているかもしれない。

そして、相談所が人間の家(カルト)の機関であれば、ここに事件と教団がつながる。人間の家の実態は茫漠(ぼうばく)として烟(けむ)っている。創立教祖は国安泰人(くにやすたいと)という人物であるが、マスコミの前にほとんど姿を現わしたことがない。大仰な名前も偽名くさい。

教団の名前がちらちらしてきたのは三年ほど前からである。諸悪からの人間の救済をキイワードにして、急速に信者を増やした。

当初は、信者がただ集会に出席して、自分の悩みを語るだけでよかった。経済的な負担も労働も奉仕も求めなかった。

それが次第に同士の連帯を深めるためと称して、教団の寮に入居して共同生活を始めるようになった。

寮への入居も本人の自由意志という形になっているが、リーダーによる巧妙な誘導が行なわれている。信者は入居に際して財産を整理し、これまでの職業や仕事を辞め、すべての人間関係を断つ。つまり、信者が入寮以前に所属していた世界と完全に絶縁する。カルトの常套手段である。

「片倉さん、あなたが探しているという仁科里美という女性ですが、人間の家の集会に出席するかもしれませんよ」

棟居はふとおもいついたことを言った。

「彼女は人間の家の信者ではありません」

「信者ではないことを確認したのですか」

「いいえ、確認はしていませんが」

「だったら、信者ではないとは言えないのではありませんか。あなたは結婚相談所主催の見合いパーティで出会った女性に集会に誘われたと言いましたが、その女性もサクラかもしれません。つまり、結婚相談所自体が人間の家の関係機関かもしれない」

棟居の言葉は片倉にとって考えもしなかったことのようである。

半信半疑ではあっても、片倉が棟居の示唆に大きく傾いているのがわかる。だが、もし犯行に人間の家が関与していれば、犯人はその機関の関係者であった仁科里美をまちがえるかという疑問が残る。それは充分あり得ると棟居はおもった。

人間の家は信者数約二万人と自称し、関係者を含めれば、さらにその数は増えるであろう。たとえ犯人が人間の家の線であっても、二万を超えるという信者と関係者のうちの一人をまちがえる可能性はある。

「集会にまた出席しようかとおもいます」

片倉が言った。

棟居は片倉を誘導したつもりはなかったが、結局、そんな形になった。

「ご協力ついでに、もう一つ協力していただけませんか」

「信者に自衛隊関係者の有無でしょう。調べてみます」

片倉は棟居の意を察したように言った。

「さりげなくお願いします。私から頼んだということになりますと、信教の自由との絡みがありますので、このことはあくまでも私の個人的好奇心からです」

「わかっています。刑事さんは特高（以前の思想警察）、いや、公安じゃありませんからね」

片倉が呑み込み顔でうなずいた。

「信教の自由は保障されていますが、その自由を乱用するえせ宗教団体もあります。もともと憲法が保障する宗教の定義が曖昧ですから、乱用も自由ということになってしまいます」

「乱用の自由ですか。そう言われてみますと、我々は自由を飽食しています。自由の洪水の中で自由の価値を見失い、それを乱用してしまうのでしょうね」

片倉の言葉に、棟居は犯人がもし自由の乱用者であれば、犯人は人を殺しただけでなく、自由を冒瀆（ぼうとく）したことになるとおもった。

2

牛尾は棟居から報告を受けて、驚いた。犯行現場のかたわらを流れる水路からボツリヌス菌が出たという。しかも人間の家には国立防疫衛生研究所の職員が密接な関わりを持っている模様と聞いて、家出女子大生の安否を憂慮した。

まだボツリヌス菌と人間の家を結びつけるのは早計である。だが、両者の接点として、家出女子大生、自衛隊、その教程に記載されている細菌の研究機関・防研が登場した。

犯罪容疑がない限り、警察は宗教に迂闊に介入できない。

だが、捜査としてではなく、家出女子大生の行方を探す両親のオブザーバーとして同行する程度であれば問題ないであろう。警察がエスコート（エスコート）するだけでも、相手に対してかなりのプレッシャーをあたえる。

犯罪の被害者になった疑いのある家出人の捜索は警察の仕事である。牛尾は朝野善信に再度、人間の家に娘との面会を求めるように勧告した。

「これまでも面会を求めたのですが、娘本人の意志で会いたくないと断られました」

朝野は途方に暮れたような口調で言った。

「元気でいることを確認したい。現在のまま、音信不通になっているのでは、親として不安でたまらない。警察に相談したら、本人の意志で会いたくないというのは、本人から直接聞いたわけではないのであるから、仲介者や電話やメールを通じてではなく、本人からそのことを直接確かめるようにとアドバイスされたと、教団に言ってください。警察では本人の意志の確認が取れないまま連絡が取れないときは、本人が連絡をしたくてもできないような状況に陥っていると解釈して、捜査を始めるかもしれないと先方に伝えてください。それでも言を左右にしてお嬢さんに会わせないようであれば、我々も調べてみます」

と牛尾は言った。

牛尾の勧告を受けて、朝野が再度、人間の家に談じ込んだところ、事務局長と名乗る人物が電話口で応答して、

「それほどにおっしゃるなら、お嬢さんとの対面を取り計らいましょう。教団はただいま大変忙しいので、当方の都合に合わせてもらえますか」

としぶしぶ言った。

「けっこうです」

「それでは、二、三日中にご連絡いたします」

牛尾のアドバイスに従って、警察が捜査を始めるかもしれないと言ったのが効いたらしい。

二日後、事務局長から小田原市内にある教団の事務局で娘に会わせると朝野に連絡がきた。

だが、事務局長の口調では、親子一対一の面会ではなく、事務局長以下、教団幹部が数名同席する模様である。朝野は牛尾に同行を求めた。

「先方がお嬢さんに会わせると約束したのですから、お嬢さんが元気でおられることはまちがいないでしょう。ここで警察官が同行すると、問題をこじらせてしまう虞がありますと。とにかくご両親がお嬢さんに会ってください。そして、現在、どこで、なにをしているか確かめて、間もなく卒業だから大学へ行くように勧めてください」

「娘が家にも学校にも戻らないと言ったら、どうしましょう。たぶんそう言うような気がするのですが」

「やつれた様子はないか、身体に暴力を振るわれた痕跡がないか、よく確かめてください。お嬢さんが口では言わなくとも、家に帰りたがっていれば態度でわかるはずです」

牛尾の指示を受けて、朝野夫妻は指定日に小田原市郊外にある人間の家の事務局本部へ赴いた。早川の袂にある五階建ての瀟洒な白いビルである。

二人は事務局の応接室へ通された。そこに則子はすでに待っていた。電話で応対した大中という事務局長と、生活部長・江上と刷った名刺を差し出した二人の教団幹部が同席した。

則子は一見して、家出をしたときとさして変わりはないようであったが、顔色が冴えない。両親は娘の顔を見た途端、感極まって胸がいっぱいになった。あれも言おう、これも言おうとおもっていたのが、感情がこみ上げてきてなにも言えない。

「元気か」

朝野善信がようやく言葉を押し出した。

「元気よ。私のことなら、なにも心配することはないわ」

則子は虚勢を張って答えた。同席している二人の教団幹部に気を遣っている様子がわかる。

「いま、どこにいるんだい」

善信は牛尾から言われていたことを問うた。

「全国運動をしているので、一ヵ所にいないのよ」

「全国運動……なんの運動をしているんだね」

「もちろん社会をよくして、人間をすべての悪から救う運動よ」

「そう言われても漠然としているが、おまえに連絡を取るにはどうしたらいいんだ。携帯も通じないし」

「用があるときは私の方から連絡するわよ。私はいま、崇高な使命を担って、人間を救うために運動をしているの。家族と自分だけのささやかな幸せの中に閉じこもっているわけにはいかないの。それは独善というもので、決して世界の幸福にはつながらないのよ」

則子は幹部からあらかじめ言い含められていたような発言をした。

「人間の救済もけっこうだが、おまえはまだ学生だ。学生の本分である勉強を中途半端に投げ出して、お母さんを寝つかせるほど心配させて、人間を救うことができるのかい。お母さんも人間だよ。おまえの使命はまず、学生としての本分を全うすることじゃないのかね」

善信は優しく諭した。則子の表情が慌しく動いた。同席している二人の幹部の顔色をうかがいながら、

「お父さんやお母さんは、私を本当に理解してくれていないのよ。たしかに私の本分は学生として勉強することだけれど、勉強は学校だけでするものではないわ。人間の家に来てから、私は自分の真の本分がなにか知ったの。私は人間の家で本当の勉強をしているのよ」

と言葉を返した。

「もしそうなら、家から人間の家に通ってもいいじゃないか」

善信に言われて、則子は返す言葉に詰まった。かたわらから江上が、

「たしかに自宅から通うこともできます。しかし、家族は、特に親子、きょうだいは自分の意志で選んだものではありません。生まれたときから自分の意志に関わりなく親子、きょうだいです。我が教団の同士は本人の意志で選んだ仲間です。そのような仲間と連帯を深めるためには、ぜひとも寮に入って生活を共にすることが必要なのです。そうすることによって、世界の悪と戦う強い戦力を培うことができます」

と言葉を添えた。

「同志と連帯を深めるのは悪いとはおもいませんが、べつに家族と連絡を絶つ必要はないでしょう」

善信は反駁した。

「我々は家族と連絡を絶つようにとは言っていません。あくまでも本人の意志を尊重しています」

大中が言った。その言葉を反復するように、

「私は自分の意志で家に連絡をしないのよ。いまは私の使命に全力を集中したいの。私から連絡がなくても、私は元気でいますから、心配しないでください」

則子は言った。

大中と江上が我が意を得たりというようにうなずいた。

「そうは言っても、おまえからなんの消息も聞かないということは、家族にとっては不安でたまらないんだよ。このままの状態がつづけば、お母さんは必ず病気になってしまう。まず、お母さんを救うことから始めてくれないか」

善信は必死に説得した。母親はなにも言えず、ただ涙ぐんでいるばかりである。

「そういう言葉は、お子さんを親の私物と見ていることにほかなりません。そして、いつまでもお子さんの自立を妨害し、心を傷つけているのです。それは親の愛という名前の親によ

る子供の私物化です。そのような家庭では、いつまで経っても親離れできません。いえ、親が子離れできないと言った方がよいでしょう。子供は親の所有物ではありません。子供には子供の自由と生きる道があります。いかがでしょう、お嬢さんを独立した人格と見なして、自由にさせてあげたら」

大中が諭すように言った。則子はなにか言いたそうであったが、二人の幹部が見張っている前ではなにも言えないようである。両親も言いたいことの半分も言えない。

だが、則子が本当に自分の使命に目覚め、その遂行に生き甲斐を見いだしているのであれば、もっと生き生きとした表情をしているはずである。彼女の沈んだ顔色が、彼女の言葉と内心との矛盾を暗に語っているようであった。

ともあれ、見かけだけにしろ娘の元気な姿を確かめただけでも諒とすべきであった。

朝野夫婦は不満足ながら、久し振りに娘の元気な（生きている）姿を確かめて、帰って来た。

「牛尾さんのご忠告のおかげでせっかく娘に会う機会を持てましたが、連れ戻すことはできませんでした。本人の口から、娘の意志で教団にいると言われては、成人でもあり、親ではあっても、どうにもなりません」

朝野は面目なさそうに、娘と対面した結果を牛尾に報告した。

「教団の幹部が二人も同席していては、お嬢さんとしても本音は言えなかったでしょう。また幹部二人が同席していたということは、教団にとって都合の悪いことを家族に告げられたくないという意識の表われです。もし教団が本当に信者の自由意志を尊重するのであれば、幹部が同席する必要はありません。あの教団はなにか後ろ暗いものを抱えていますね。少なくとも家族に告げられては都合の悪いことを抱えているのです」

「警察のお力で娘を連れ戻すことはできないでしょうか」

「それは無理ですね。本人が救いを求めているわけでもないし、監禁や暴力を受けている形跡もありません」

「脅迫されているのではないでしょうか」

「その可能性はありますが、証拠がありません。表面に見える限りは、事件ではありませんね」

「このまま手を拱いている以外にないのでしょうか」

「我々もマークしています。そのうちにきっとボロを出すでしょう。わずかなボロでも引っ張り出せば、そこを手がかりにして捜査の手を入れられます」

「その間、娘は無事でいるでしょうか」

「お嬢さんには手を出さないでしょう。ご両親が警察へ届けたことを教団側は知っていますからね」

「牛尾さんのアドバイスに従って警察が捜査を始めるかもしれないとほのめかしましたら、

その効果は絶大でした。彼らは警察の介入を恐れています」

「警察以上に恐れている者がいますよ」

「警察以上に……それはだれですか」

「マスコミです。新興宗教はマスコミを利用しますが、同時にマスコミのマイナス報道を極端に嫌います。本人と家族を引き裂く教団というイメージが流れるのを極端に嫌っているはずです」

「そうか、マスコミに報せるという手がありましたね」

朝野はいま初めて気がついたように言った。

3

朝野善信が則子に対面して三日後、則子は突然、帰宅して来た。だが、則子には生活部長の江上と、若い男性教団員二名が同行していた。驚いている朝野と母親に、則子は、必要な本と私物があるので取りに来たと告げた。

「帰って来たのではないのかい」

朝野が問うと、

「本と私物を取りに来ただけよ。必要なものを集めたら、またすぐに戻らなければならないわ」

と言った。

「せっかく帰って来たのだから、母さんのためにも二、三日、泊まって行けばいいじゃないか」

朝野は同行して来た江上ら三人の表情をうかがいながら言った。

「そうはいかないのよ。教団はいま、とても忙しいの。私一人だけが自宅でのんびりするわけにはいかないわ」

則子の返事は取りつくしまもなかった。彼女は三人に護衛されるように自分の部屋へ入ると、本や私物をまとめた。朝野と妻はただおろおろするばかりである。

「お父さん、お母さん、必要な本が一冊なくなっているんだけれど、知らない？」

則子が自室から出て来て問うた。朝野はどきりとした。例の教程にちがいない。教程は牛尾刑事に預けてある。

「さあ、私たちはおまえの部屋のものには一切手をつけていないよ。どんな本がなくなっているんだね」

朝野は素知らぬ顔をして問い返した。

「表紙に『特殊武器防護』と書かれている自衛隊の教科書なの。とても大切な本なのよ。本棚にたしかに入れておいたのになくなっているわ。おかしいなあ」

則子は疑わしげな目を両親に向けた。

「そんな本は知らないよ。大体、おまえの本棚なんか覗いたことはない」

朝野は言った。

「念のために、お父さんの書棚を見せてくれない。まちがってお父さんの本の中に紛れ込んでいるかもしれないわ」

「私はそんな本は読まない。大体、おまえの書棚の本なんか読んだことがないよ」

「お願い、見せて」

則子は緊迫した口調で言った。同行した三人も、朝野が拒否すれば書斎に押し入っても調べるという雰囲気である。

「それでおまえの気がすむなら、見なさい」

朝野は書斎のドアを開いた。則子と一緒に三人も当然のように朝野の書斎に入った。

「やっぱりないわね。お父さん、お母さん、本当に知らないの」

「おまえの本なんか知らないよ。なにか勘ちがいしているんじゃないのか」

「絶対に勘ちがいなんかじゃないわ。私、たしかに自分の本棚に入れたのよ」

「そんなに大切な本なのかね」

「とても大切なの。私、その本を借りたのよ。返さなければならないわ」

「そんな大切な本を、だれから借りたんだね」

「じえい……いえ、教団からよ。その本は教団の本なの」

「そんなに大切な本だったら、どうして持って行かなかったんだね」

「忘れちゃったのよ、つい。その本だけではなくて、身の回りの品も持たずに寮へ入ったの知ってるじゃない」

「そんなに慌てて寮に入る必要があったのかね」

「荷物を持ち出すと、お父さんやお母さんに止められるとおもったの。だから、ほとんど身体一つで入寮したのよ」

則子は両親を咎めるような口調で言った。

「もしその本が出てきましたら、直ちに教団の方に連絡してください。受け取りにまいります」

江上が言った。

則子は身の回りの品を持っただけで引き揚げた。

その後間もなく、新聞社系の週刊誌「ホットウィークリー」に、「人間の家の危険性――家族破壊を促す反社会的集団」と題する連載企画が始まった。

その第一弾は、人間の家に入信して家出した息子や娘や孫を持つ家族たちの匿名座談会を掲載した。

人間の家では大中事務局長、江上生活部長以下、総務部長、広報部長、人事部長などの幹部が顧問弁護士と共に新聞社に押しかけて抗議した。

抗議の趣旨は、次のようなものであった。

座談会の内容が一方的で、人間の家に充分な取材が行なわれていない。家族の話には事実と異なったことや、事実無根のことが多い。人間の家では入信に際して、また教団に対する寄金において、一切強制していない。すべて本人の意志に基づくものである。

「ホットウィークリー」の記事は、匿名の家族による一方的な発言を本人の裏づけも取らず、取材もせずに捏造(ねつぞう)したもので、教団の名誉を著しく毀損(きそん)し、信教の自由に対する侵害である。

これに対して、「ホットウィークリー」は、次のように反論して教団の抗議を蹴(け)った。

教団および家出した入信者に対してインタビューを申し入れたが、教団側から超多忙で、インタビューに応ずる暇がないと拒否された。あくまでも本人の意志に基づくと言うが、本人本人は教団に隔離されており、連絡が取れず、その居所さえわからない。

入信者の中には未成年者もおり、親の金を無断で持ち出した者もいる。配偶者の一方が入信して、残された配偶者の同意も得ずに、夫婦の共有財産をすべて教団に寄付したケースもある。

座談会の出席者を匿名にしたのは、出席者の意志を尊重し、その安全を確保するためである。また、出席者の発言は、原稿を出席者に確認してもらって掲載している。

現に、出席者の家族が人間の家に入信して家出をしたまま連絡も取れず、居所不明をつづけている限りは、事実無根とは言えない。人間の家は入信者と家族の連絡の自由を保障し、入信者の居所を明らかにすべきである。未成年の入信者は即刻、保護者の許へ返すべきである。

人間の家はこれを不服として、街宣車(がいせんしゃ)を繰り出して抗議をつづけると同時に、新聞社社長、および編集長の自宅の周辺に、マスコミの暴力、でっち上げを中止せよと書いたビラを貼った。

だが、「ホットウィークリー」は連載をつづけた。第一弾の発売後、全国の家出信者の家族から次々に情報が提供され、賛同と励ましの声が集まった。「ホットウィークリー」を追って、他のマスメディアが人間の家を取り上げ始めた。

さすがに人間の家も他のマスメディアに飛び火することを恐れて、数人の未成年信者を帰宅させると同時に、一部の信者と家族との連絡を許した。

人間の家ではマスコミによって反社会的集団のレッテルを貼られることを恐れて、表面的ながら、最大限の譲歩をしたようである。

だが、編集長の自宅には相変わらず無言電話や投石がつづき、ある朝、玄関ドアに赤ペンキがぶちまけられていた。犯人が人間の家であるという証拠はないが、「ホットウィークリー」が誌面に反(アンチ)人間の家キャンペーンを企画してから始まったいやがらせであるから、彼ら以外に犯人は考えられない。

人間の家は自ら、その反社会性を証明した形になった。

4

棟居はマスメディアによる反人間の家キャンペーンが展開され始めた状況を踏まえて、事件と同教団との関連性疑惑を捜査会議に報告した。

案の定、事件と教団の接点について疑義が出された。牛尾の着眼を踏まえた棟居説の要点は、

一、犯行後、現場を流れる水路の魚が死んで、ボツリヌス菌が証明された。
二、同教団幹部にボツリヌス菌を含む病原体研究機関である防研の職員がいる。
三、犯人が狙った本命の的らしい仁科里美は、人間の家の機関の一つと見られる結婚相談所「エスパウズ」のサクラであったと推定される。

以上三点である。これに対して、

「病原体を研究する機関の職員が人間の家の幹部であるとしても、現場の水路から証明されたボツリヌス菌の出所が人間の家ということにはならない。仮にその出所が人間の家であるとしても、事件と人間の家を結ぶ接点にはならない」

と反論された。

「すでに被害者が誤殺された可能性は、捜査本部の捜査方針として決定されております。ここにマスメディアによって、その反社会性がアピールされている教団の新拠点が現場の至近距離にあり、仁科里美が教団の機関と見られる結婚相談所のサクラであった状況から、教団と事件との関連性を検討する価値はあるとおもいますが」

棟居は主張した。

「仁科里美なる女性の存在も、教団と結婚相談所との関係もまだ確認されていないんだろう。すべて憶測に基づいている。マスコミのキャンペーンに惑わされて、警察が信教の自由を侵すようなことがあってはならない。人間の家については慎重に行動すべきであるとおもう」

山路が言った。

たしかに棟居の主張は推測に基づいている。宗教は政治と関わり、権力と直接結びついていることがあるので、警察は特に宗教関係の捜査には慎重である。

「もちろん慎重に行動しております。しかし、これまで浮上したいくつかの状況（間接証拠）が人間の家をクローズアップしています。

仁科里美なる女性の存在は、証人が確認しています。結婚相談所（エスパウズ）と人間の家との関係の確認、および仁科里美の事情聴取、水路から発見されたボツリヌス菌の出所の確認捜査は、事件の解明にとって必要とおもいます」

棟居は主張しつづけた。会議の大勢が棟居の意見に傾いている。山路も見込み捜査に偏る危険を戒めているのであって、棟居の主張そのものを否定しているわけではない。

マスコミの反人間(アンチ)の家キャンペーンも、仕掛け人は牛尾であることを山路は知っている。マスコミの威力は大きく、そのキャンペーンによって捜査員の心証も影響を受けざるを得ない。マスコミから反社会性をアピールされている教団の新拠点が、犯行現場の至近距離に設けられた事実は見過ごせないという心理に傾いている。

棟居の主張はマスコミの援護射撃を受けた形となった。

「一応、人間の家を視野に入れて、今後の捜査に臨む。まず、同教団と結婚相談所(エスパウズ)との関係を調べてくれ。そして仁科里美なる女性の発見と事情聴取だ。また現場の水路から出てきたボツリヌス菌の出所の確認、これが事件とどのような関わりを持つか。その出所が人間の家と仮定すれば、それは故意か過失によるものか。故意ならば、その目的はなにか。マスコミが反人間の家キャンペーンを展開している現在、我々の動きをマスコミに悟られぬように、くれぐれも慎重に行動してもらいたい」

那須の言葉が、事実上、捜査会議の結論となった。

人間の家の実態はまだ茫漠と烟っている。マスメディアがアンチ人間の家キャンペーンを繰り広げても、教祖は姿を見せず、部長級の幹部が表に立って抗議行動をするだけである。

同士(会員)二万人を号し、全国各地および海外に数十ヵ所の拠点を擁していると言われるが、確認されたわけではない。

その教義も、社会の諸悪との戦いを標榜しているだけで、明確にはされていない。だが社会即社会悪として、社会そのものを敵とするような戦闘的な気配を次第に濃厚に煮つめている。社会を敵とする戦闘集団は反社会性そのものである。

反社会性を教義とした新興教団の至近距離で殺人事件が発生したのである。捜査会議において、人間の家の内偵が決定されたとき、棟居は戦慄のような興奮が背筋を走るのをおぼえた。捜査本部が人間の家を初めて視野に入れた。

そっくりな再会

1

水路からボツリヌス菌が出たことに、片倉は衝撃をおぼえた。だが、ボツリヌス菌は魚の死因ではない。なにか別の有害物質が魚の死因になったと考えられる。

芝野は検査の条件を変えれば、別の有害物質が発見されるかもしれないと言った。つまり、水路にはボツリヌス菌のほかに魚を浮上させた別の有害物質が放流されていることになる。

片倉の仕掛けは目的を達していない。片倉は再度、現場に生け簀を仕掛けた。ふたたび魚が死んだとき、芝野に条件を変えて検査をしてもらうつもりである。

棟居刑事に、ボツリヌス菌の一件を報告したところ、彼は非常に興味を持った様子で、熱心に耳を傾けてくれた。特に棟居は、人間の家に強い興味を持っていた。そして、防研の関係者が人間の家の集会司会者になっていると告げられて、驚いた様子であった。棟居も別の線から同教団をマークしていたらしい。

片倉もいまや、人間の家がボツリヌス菌の出所ではないかと疑っている。だが、ボツリヌス菌が魚の死因でなければ、もっと強力で危険な物質が放流されていることになる。その出所も人間の家である可能性が大きい。そして、人間の家にその危険物質を渡した源は防研ではないのか。

社会悪との戦いを宣言している人間の家が防研と結んで、目に見えない有害物質を武器に、不穏な蠢動を始めている気配を片倉は感じた。

防研には悪名高い七三一部隊の残党が深く関わっている。

防研は七三一部隊の危険な体質を受け継いでいると見なければなるまい。細菌を兵器とした七三一部隊から相続した有害物質を、防研が凶器として用いないという保証はない。

だが、なんのために都内の水路に危険物質を放流したのか。過失であれば、再度、魚が浮上するはずがない。故意であれば、これからも魚が死ぬであろう。芝野には再度の検査を頼んだ。

芝野は、「あんたも物好きだな」と言いながらも、興味を持ったようである。ボツリヌス菌に加えて、第二の有害物質が現われれば、さらにその出所を絞り込める。

再度、生け簀を仕掛けて、一週間が経過した。生け簀の中のフナやオイカワは元気に泳いでいる。

この間、片倉は毎日一回、水路の水を試験管に採って、芝野の許へ送った。だが、新たな試験水からボツリヌス菌は発見されなかった。

2

生け簀を仕掛けて十日後、生け簀を覗いた片倉は、愕然とした。

生け簀の中の魚がすべて浮いて、白い腹を見せている。昨日までは生け簀の中で元気に泳いでいたのであるから、片倉が昨日、元気な魚を確認した以後、有害物質が水路に放流されたにちがいない。

驚きを鎮めた片倉は、有害物質がなんであるか不明なので、手袋をはめ、慎重を期して安全キャビネットに試料を入れると、芝野に連絡を取った。

「なに、また魚が死んだって。すぐ持って来てくれ。今度は条件を変えて調べてみよう」

芝野も気負い立った。

死んだ魚を芝野の許へ運んで一週間後、彼から連絡がきた。

「凄いものが出てきたぞ」

芝野の声が興奮している。

「凄いものって、なんだ」

「俗に言う、人食いバクテリアだよ」

「人食いバクテリア?」

「病原性大腸菌O‐157や、乳業会社の食中毒事件で有名になった黄色ブドウ状球菌よりも悪性の、最強の病原菌だよ。学名はビブリオ・ブルニフィカスといって、重度の肝臓障害や、肝硬変などの基礎疾患を持つ中高年の男性が、この菌のターゲットになりやすい。この病原菌は海水の中にいて、魚介類にくっつく。これが都内の水路の魚にくっついたというのは、おれの知る限り初めてだね」

芝野が言った。

「そんな恐ろしい病原菌がどうして都内の水路にいたんだ」

「そんなこと聞かれてもわからないよ。故意にでも放流しない限り、人食いバクテリアが都内の水路から発見されるはずがない」

「故意に放流……こんな物騒なものを都内の水路に故意に放流したとすれば、バイオテロじゃないか」

「いまのところ魚が死んだだけで、人間の被害はまだなさそうだ」

芝野の声が緊迫していた。片倉も人食い細菌の話は聞いていた。

一般に「人食いバクテリア症」と呼ばれる劇症型溶血性連鎖球菌感染症の原因となるのは、筋肉に取りついて、数日のうちに死に至らしめるという恐ろしい細菌である。

「厚生省研究班の調査によると、妊婦がこの細菌に取りつかれると、発症後一日以内に死亡する例が相次いでいることがわかった。現在まで十四人が確認されており、救命されたのはたった一人ということだ。病気の進行が極端に早く、治療が間に合わない。脚などの筋肉が急に腫れ、数時間から数日のうちに身体が腐っていく。特に妊婦の場合は進行速度が早く、筋肉が腐る間もなく命を失うという」

芝野が説明した。

「都内の人口稠密な地域の水路に、こんな物騒なものが放流されたとなると、いつ人間が取りつかれるかわからないね」

「人食いバクテリアが暴れるのは大体夏だよ。幸いにいまは寒冷の季節に向かっている。だが、極めて危険な病原体が、町の真ん中の水路から発見された事実には変わりない。片倉、あんたはこれの出所が人間の家だとおもっているのか」

「疑っているよ」

芝野には水路の上流に人間の家の新拠点ができたことを話してある。

「人間の家には防研の職員が関わっているそうだが、防研の人間であれば、人食いバクテリアを外部へ持ち出すことは可能だね。しかし、そんなものを持ち出して、なぜ水路へ放流したんだ。過失でなければ故意ということになるが、そもそも人食いバクテリアを持ち出した行為自体が意図的だと考えられる」

芝野は片倉が発した質問をそのまま返した。

「実験したんじゃないのかな」

「実験？」

「実際に水路に放流して、水路の魚や生物に対する影響を確かめようとしたのではないのか」

「そんな危険な実験を、なぜするんだね……まさか」

芝野ははっとしたようである。

「そうだよ。人間の家は危険な気配をしきりに発している。バイオテロの凶器として、人食いバクテリアを選んだのかもしれない」

「証拠はあるのか」

「いや、証拠はない。おれの憶測だ。だが、人間の家の拠点が上流にできてから、魚が死ぬようになった。最も疑わしいのが人間の家だね」

「めったなことは言わない方がいい。相手は訳のわからない団体だ。宗教の隠れ蓑を着けている凶暴な秘密結社かもしれないぜ」

「その可能性は充分にある。とにかく町中の水路から人食いバクテリアが発見されたことは、しかるべきところへ届け出るべきだろうな」

「おれもそのつもりでいるよ。しかし、旧水路の水を飲んだり、生活用水に使う者はいないだろうから、さし迫った危険というわけではない。また、人食いバクテリアは人間にとって極めて危険な病原体だが、必ずしも魚の死因となったとは限らない。魚は別の要因で死んだのかもしれない。魚の死因について、もっと調べる必要がある」

芝野は慎重な口調になった。

都や区に対する報告は芝野に任せて、片倉は改めて人食いバクテリアについて文献を調べた。おおむね芝野が解説した通りであった。

人食いバクテリアによる死者は一九九九年七月から九月にかけて、佐賀で四人、大阪で一人、報告されている。

この菌は食中毒の要因となる腸炎ビブリオの仲間で、海水の中に生きている。これが付着した魚介類を生で食べると発症する。肝臓で繁殖するので、健康人はその繁殖は抑えられているが、肝臓に重い疾患を抱えている者は、この菌が大繁殖して、血流によって全身に回る。

この数年、全国で百人近い患者が報告され、その七割が死亡している。発生時期は七月から九月に集中し、関東から九州の沿岸に多い。

これまではアルコールの多量摂取で肝硬変を起こしている四十歳から六十歳の男性がターゲットにされがちだったが、今後はインスタント食品の過食によって肝臓障害を起こしやすい二十代から四十代の男女を問わぬコンビニ世代が、人食いバクテリアの標的にされる虞がある。

片倉は文献中、関東から九州沿岸に多く発症しているという記述に注目した。

高野史恵から聞いた限りでは、人間の家の拠点は関東と九州に最も多く、東北、北海道方面はまだ拠点が少ないということである。

これは海水温度とも関係があるかもしれないが、人間の家の拠点のある地域に多く発症しているという報告は見過ごせない。

もしかすると、人間の家はすでにバイオテロをスタートさせているのではないだろうか。

片倉は過日参加した人間の家の集会で、リーダーの呼びかけにつづいて、「悪魔から世界を取り戻そう」と同士一同がシュプレヒコールした場面をおもいだした。

「社会の悪に対して一人では戦えないので、同士が結束している。戦いはこれからだ。信頼できる同士を呼び集めて、悪に対抗できる戦力を養っている」

と、高野史恵はなにかに取り憑かれたような目をして語っていたが、その戦力の主力兵器として人食いバクテリアを選んだのではないだろうか。


片倉がふたたび寄せてきた情報は、捜査本部に波紋を描いた。

ボツリヌス菌に次いで、人食いバクテリアが同じ水路から現われたという。ボツリヌス菌の出所として人間の家が疑われていたが、ここに人食いバクテリアが現われるに及んで、その容疑は一層濃くなった。

ボツリヌス菌や人食いバクテリアは、町中の事業所や家庭に転がっているものではない。人間の家の拠点が上流に完成したのとほぼ時期を同じくして、相次いでボツリヌス菌と人食いバクテリアが下流に現われた。そして、人間の家には防研のバイオセーフティ管理室長が深く関わっている。

ボツリヌス菌に加えて人食いバクテリアが現われても、山路が指摘したように、本命の殺人事件と人間の家を結ぶことにはならない。だが、状況証拠がもう一段、積み重ねられたことは確かである。

3

その朝、朝食を摂りながら耳に入ってくるテレビのニュースに、田沢章一ははっとした。渋谷区笹塚一丁目付近の玉川上水旧水路から、人食いバクテリアが証明されたとニュースが報じている。田沢はその地名に記憶があった。妻に抱いた疑心を確かめるために、過日、笹塚へ行き、旧水路で水質調査をしていた片倉宏と知り合った。

片倉の名前は報道されていないが、たぶん彼が水質調査をつづけていて、人食いバクテリアを発見したのであろう。

片倉はその近くで発生した殺人事件の後、魚が死んでしまったので、事件を目撃した魚を犯人が殺したような気がすると言っていた。

都の環境局は検出された人食いバクテリアは微量であり、それが魚の死因となったとは証明されていないので、人畜に対するさし迫った危険は少ないとおもうが、旧水路の水を飲んだり使ったりしないようにと、呼びかけていた。

片倉の言葉の通り、犯人が事件後、目撃者である魚を殺したのであれば、今回、発見された人食いバクテリアも犯人が放流したということにならないか。

しかし、なんのために二度にわたって魚が死ぬような有害物質を町中の水路に放流したのか。

田沢は片倉の家に呼ばれ、コーヒーをもてなされた。その際、名刺ももらっていた。見知らぬ者は敵性と見なす都会において、その日初めて会った田沢を片倉は自分の住居へ招いてうまいコーヒーをごちそうしてくれた。そんな片倉に、田沢は好感を持っている。

田沢は片倉の名刺の番号に連絡を取った。電話口に片倉が出た。

「田沢と申します、と言いましても、たぶんご記憶にないとおもいますが、過日、笹塚の旧水路でお会いして、美味しいコーヒーをごちそうになりました」

「ああ、田沢章一さんですね。よくおぼえていますよ。あんなコーヒーでよろしかったら、いつでもお越しください」

片倉は気さくに言った。

「今朝、ニュースを見ました。あの水路から人食いバクテリアという恐ろしい菌が出てきたそうですね。片倉さんが発見されたんでしょう」

「わかりましたか」

片倉は電話口で少しはにかんだように言った。

「片倉さんでなければ発見できないでしょう。やはり例の犯人が流したのでしょうか」

「それはまだ確認されていません。しかし、犯人である可能性は大きいですね」

「犯人はなぜ二度にわたって、いや、あるいはもっと放流しているかもしれませんが、そんな危険な物質を市中の水路に流したのでしょうか」

「興味がおありのようですね」

「非常に興味があります」

そもそも妻と殺人事件の関連性を疑ったのが興味のきっかけであるが、それは言わなかった。

「人食いバクテリアだけではなく、その後、いろいろと面白いことが浮かんできましたよ」

「人食いバクテリアを流した犯人がわかったのですか」

「かなり疑わしいのが浮かんできました。もしご興味がおありでしたら、どこかで会いませんか」

片倉は田沢に話したいらしい。

「これから会社の方へお邪魔しましょうか」

田沢も聞きたい。

「いや、会社ではちょっと話しにくいのです」

「それでは場所を指定してください」

「ちょっと他聞を憚る話なので、二人だけになれる場所がいいですね」

「それではこれから、私の車で片倉さんの会社へお迎えにあがります。車の中であれば、他人に聞かれる虞はありませんから」

片倉の口調からかなり重大な発見をした様子がうかがわれる。そんな重大な内容を、まだ一度しか会っていない田沢に話そうというのである。片倉の家で振る舞われた一杯のコーヒーが、彼らの隔意を取り除いてしまったらしい。

田沢はマイカーを片倉の会社へ走らせた。受付に名刺を通すと、受付係の表情が改まった。会社では片倉はかなりの重要人物のようである。

受付で取り次がれて間もなく、片倉が現われた。

「やあ、わざわざお迎えいただいて申し訳ありません」

片倉は十年来の知己を迎えるような顔をして言った。

「なんとなく、またお会いするような気がしていました」

「私もです。ご縁があるのですね」

「とりあえず、どこへ行きましょうか」

「とりあえず、空気の綺麗な方角へ行きませんか」

「いいですね」

　車首を郊外へ向けて走る間、片倉は人食いバクテリアの危険性について語った。すでにテレビで概略的な解説（ブリーフィング）をしていたので、人食いバクテリアについては、田沢もある程度の知識を得ていた。

「ところで、いろいろと面白いことが浮かび上がってきたそうですが、どんなことが浮かんできたのですか」

　田沢は水を向けた。そのとき片倉が、愕然としたような表情をした。

「片倉さん、どうかしましたか」

　彼の異常な気配に気づいた田沢は問うた。

「これ、これ、これ」

　片倉は日除け（サンシェイド）に貼りつけてあった田沢と妻のツーショット写真を指さして、言葉をもつれさせた。

「それは家内ですが、家内がどうかしましたか」

「この女性が田沢さんの奥さんですか」

「そうです。結婚四年にもなるのに、女房とのツーショットを車に飾っておくなんて、甘いと言われても仕方がありませんね」

　田沢は照れ笑いをした。

「奥さんのお名前は仁科里美さんではありませんか」

「いいえ、有里子（ゆりこ）です。旧姓は松方（まつかた）です。家内をご存じですか」

「ゆりこさん……」

「有る里の子供と書きます」

「奥さんはたしかに私の知っている仁科里美さんです。他人の空似にしても、こんなによく似ている人がいるものでしょうか」

「地球上に、だれでも自分のそっくりさんが一人いるそうですよ。たぶん片倉さんは家内のそっくりさんに会ったんじゃありませんか」

「いや、そっくりさんではありません。まちがいなくご本人です。右の頬に小さな黒子（ほくろ）がありますね。その位置も形も仁科里美さんです。いくらそっくりでも、黒子の位置や形まで同じということは考えられません」

「片倉さんは、そのにしなさとみという女性にどこで会ったのですか」

「結婚相談所です。パーティでお見合いをしました」

「それではやっぱりそっくりさんですよ。家内は私と四年前に結婚しています。お見合いパーティに出席するはずがありません」

「仁科里美さんは結婚相談所に雇われたサクラで、すでに結婚していると言っていました」

「すでに結婚していると言ったのですか」

もしかすると、片倉が知っているにしなさとみは、有里子かもしれない。彼女がディスプレーデザインの仕事と称して出かけて行ったとき、結婚相談所のサクラをしていたのかもしれない。

だが、ディスプレーデザイナーとして引っ張り凧の彼女が、なぜ結婚相談所のサクラなどをしたのか。アルバイトをする必要はまったくなかったはずである。

田沢が妻に覚えた違和感は、結婚相談所のサクラという特殊なアルバイトから発していたものかもしれない。

「奥さんが仁科里美さんであれば、生命の危険があります」

片倉が突然、途方もないことを言い出した。

「どうして家内に生命の危険があるのですか」

「我々が出会った旧水路の近くで発生した殺人事件の被害者は、奥さんとまちがえられて殺された可能性があります」

「なんですって」

片倉は、警察も人ちがい殺人の可能性を踏まえて捜査を進めていることを伝えた。

「家内はそのことを知っていますか」

「奥さんには怯えているような様子はありませんか」

「特にそんな様子は見えませんね」

「最近、普段と変わった様子はありませんでしたか」

「特に気がつきませんでした」

平素と比べて妻の様子がおかしいので、彼女を疑い始めたのである。どこがどうおかしいのか、具体的にはわからないが、夫婦の関係がなんとなく据わりが悪くなっていた。夫婦間の微調整作用がなくなったような気がしていた。

だが、いま片倉の話を聞いて、そうした違和感は、夫に隠した結婚相談所のアルバイトから発していたのかもしれないとおもい当たった。

夫婦間の微妙な変化については、独身の片倉に語ってもわかってもらえないとおもった。少なくとも、それは妻が自分とまちがえられた殺人事件から発するものとは種類がちがう。

「それでは、たぶん奥さんは知らないとおもいますね」

片倉が言った。

「警察が、誤殺と考える根拠はなんですか」

田沢は問うた。

4

片倉は田沢の車内に仁科里美の写真を見つけて、驚愕(きょうがく)した。

驚いたのは、それだけではなかった。仁科里美は田沢の妻で、有里子という名前であるという。片倉は人生の奇縁をおもった。

「被害者には殺されるような理由がまったくなかったそうです。しかし、犯人が人通りの絶えた暗い現場まで被害者を尾けて行ったところから、通り魔の犯行とは考えにくい。現場の近くに人間の家という新興宗教の拠点が、事件の発生する少し前に完成しました。そして、奥さんがサクラをしていた結婚相談所は、その教団の関係機関かもしれないのです。奥さんは人間の家に入信していたのですか」

「いいえ、家内の口から、人間の家という言葉は聞いたことがありませんね。もし、家内が入信していれば、私にも入信するように勧めるはずですが」

「ところで、田沢さんと初めてお会いしたのは、現場近くの水路でしたが、そのとき、田沢さんは殺人事件の報道に興味を持って現場を見に来たとおっしゃっていましたね」

片倉の問いかけに、田沢がうなずいた。

「単純な興味とおっしゃっていましたが、特にあの事件に関心を持つような理由があったのですか」

「実は、家内がですね、現場から近い笹塚一丁目に新装開店した美容院のチラシを持っていたのです。家内はそれまで、笹塚にまったく縁がありませんでした。事件の現場が美容院から近いこととおもい合わせて、現場を見に行ったのです」

「すると、田沢さんは奥さんが事件になんらかの関わりがあるとおもったのですか」

「まさか家内が殺人事件に関わりがあるとはおもいませんでしたが、これまでまったく縁のなかった地域のチラシを持っていて、そのチラシの新装開店日の直後に事件が発生したものですから、興味を持ちました」

「するとやっぱり、田沢さんの心のどこかにも、奥さんがもしかすると事件に関わっているのではないかという疑いがあったのではありませんか」

片倉の言葉は田沢の意識の核心を衝いたようである。

「そういう気持ちもあったかもしれませんね」

田沢は認めた。

「警察は犯人が被害者と奥さんを誤認したとは断定していません。被害者が誤殺された可能性もあるとして、捜査しています」

「すると、どうして家内に生命の危険があるのですか」

「警察も仁科里美という結婚相談所のサクラを探しています。仁科里美さんについては私が情報を提供しました。仁科さん、つまり奥さんは被害者に似ています」

「ただ似ているというだけでは、犯人が家内とまちがえて別の人を殺したと推測する根拠としては弱いとおもいますが」

「これをご覧ください」

片倉はＯＬ殺害事件を特集した週刊誌のグラビアページを開いて差し出した。

被害者の生前のスナップが数枚掲載されている。その中の一枚を片倉に指さされて、田沢ははっとしたような表情をした。

「どうです。奥さんその人と言ってよいほど似ているでしょう。犯人が奥さんと誤認した可能性は充分にあるとおもいます」

片倉としては仁科里美、すなわち田沢有里子が片倉の家を訪ねて現場近くへ来た可能性を話したかったが、彼の推測にすぎないことなので喉元に抑えた。

彼女がこれまでの生活圏ではない笹塚の美容院のチラシを持っていたということは、片倉の推測を補強するものであるが、別の用事で来たのかもしれない。

片倉はただ一度交わした仁科里美の唇を、生涯の宝として記憶に刻み込んでいる。仁科里美はもし結婚していなければ、片倉のプロポーズを喜んで受けたと言った。その彼女の夫に、里美と片倉の二人だけの秘密を打ち明けるわけにはいかない。

「いかがですか、奥さんにそっくりだとはおもいませんか」

「たしかによく似ていますね」

彼女と瓜二つの写真はなによりも説得力があったようである。

「奥さんが事件の発生前に、なんの縁もなかった笹塚へ行かれた状況を見ても、奥さんと誤認した可能性が大きいとおもいます。すると、犯人はまだ目的を達していません。犯人がなんのために奥さんを狙ったのかわかりませんが、奥さんに会わせてもらえませんか。奥さんから事情を聞けば、犯人から狙われる理由がわかるかもしれません」

本来、それは警察の役目である。だが、仁科里美に会う最大の機会を警察に譲る気はない。それに警察は、彼女が被害者と誤認されたと断定しているわけではない。片倉自身が彼女に会って、身辺を警戒するように注意してやりたい。

「家内にいたずらに不安をあたえたくないのですが」

田沢の表情にためらいが揺れている。

「しかし、このまま奥さんを危険にさらしておくことはできませんよ。犯人が被害者と奥さんをまちがえたと告げる必要はありません。奥さん自身が事件になんらかの関わりがあれば、そのことは察知しているはずです。奥さんに会って事情を聞けば、安全策を講じられるかもしれません」

「わかりました。早速、家内にお引き合わせしましょう」

田沢が言った。

5

片倉は久し振りに仁科里美に会った。もっとも今回は田沢の妻・有里子として片倉の前に現われた。

　田沢からあらかじめ片倉との面会を伝えられていたので久し振りの意外な再会に驚いた様子はなかったが、夫立ち会いの形での片倉との面会に、少なからず当惑しているようである。

　彼女は片倉に一度、唇を許し、田沢以前に片倉に出会っていたらプロポーズを受けたと告白している。

「お久し振りです。ご主人からお聞き及びとおもいますが、まさか田沢さんがあなたのご主人とは知らずに、お知り合いになりました。ご縁ですね」

「私も主人から聞いて驚きました。その節はいろいろと……」

　彼女は短い言葉に言外の意味を込めて言った。

「私こそ、いろいろとお世話になりました。その後、パーティにあなたの姿をお見かけしないので、男のメンバーが寂しがっていますよ」

　片倉も男性メンバーに託して、その最右翼に自分がいることをほのめかした。田沢がいるので、彼女に対する率直な気持ちを伝えられないのがもどかしい。

「ご主人にお願いして、本日、奥さんにお会いする機会を設けていただいたのは、直接にいろいろとお尋ねしたいことがあったからです」

「私に聞きたいことって、なんでしょうか」

　有里子は面に不審の色を塗った。田沢はまだ彼女に今日の面会の主たる理由を告げていないらしい。

「奥さんは九月十七日ごろ、笹塚へ行かれたそうですね」

「たしかそのころ、笹塚のスーパーから売り場の模様替えの相談を受けて、何度か現地を見に行ったことがありますわ」

「九月二十一日、そのスーパーの近くでＯＬが殺害された事件をご存じですか」

「そんな報道記事を新聞で読んだ記憶があります。それがどうかしたのですか」

「実は、奥さんがアルバイトをしていた結婚相談所ですが……」

「エスパウズですね」

「そうそう、あのエスパウズはどうやら人間の家という新興宗教の関係機関のようです」

「まあ、新興宗教の関係機関ですって。全然知りませんでした」

有里子の面に素直な驚きの色が塗られた。演技をしているようには見えない。

「あの人間の家がＯＬの殺害事件に関わっている疑いがあります。奥さんはどんなきっかけから結婚相談所のアルバイトをしたのですか」

「実は高校時代からの友人がエスパウズでアルバイトをしていたのですが、ご主人の転勤で急にやめなければならなくなり、かわりに少しやってくれないかと頼まれたのです。結婚相談所のサクラなんて面白そうなので、主人には内緒で何回か見合いパーティに参加しました」

有里子は田沢の顔色をうかがいながら言った。

「そうでしたか。人間の家には危険な気配があります。もしＯＬ殺害事件に人間の家が関わっていれば、関係機関でアルバイトをしていた奥さんにも危険がまったくないとは言えません。奥さんは結婚相談所のアルバイトをしている間に、人間の家についてなにかを知ったか、あるいは恨みを買ったような心当たりはありませんか」

「見合いパーティに出たのは五回だけです。関係機関のアルバイト、それも一時的にしかしていない私に、人間の家について重大なことを知るような時間も機会もございませんわ」

有里子が訝しげな表情をした。殺されたＯＬとはなんの関係もない有里子に、なぜそんな質問をするのか不審がっているようである。

被害者が有里子と誤認されて殺害された疑いを有里子本人に告げることなく質問をするのは、尋ねる方も尋ねられる方ももどかしい。

見かねたように田沢が、片倉がはっきり言えなかったことを代弁した。

「実は、犯人はきみと被害者をまちがえて殺した可能性があるんだよ」

「私と被害者をまちがえて殺したですって」

有里子は愕然としたようである。

「そうなんだ……。もしそうであれば、犯人はきみを狙っているかもしれない。それで片倉さんが心配をして、きみに注意を促すためにわざわざ来られたんだよ」

「私がどうしてまちがえられたの。そう言えば……」

友里子ははっとしたような表情をした。

「そう言えば、どうしたんだい」

田沢は妻の顔を覗きこんだ。

「そう言えばその当時だれかの視線を感じたの。だれかに監視されているような気がしたけれど、もしかするとあれが犯人の視線だったのかしら」

「そうだよ。犯人がきみを見ていたにちがいない」

「でも私、だれかに命を狙われるような心当たりはまったくないわ」

「忘れているのかもしれない。あるいはきみには心当たりはなくとも、犯人に一方的な理由があるのかもしれない」

田沢は犯人が有里子と被害者を誤認したと推測した根拠を告げた。片倉たちの知らないことも、有里子には心当たりがあるかもしれない。

「もしきみが忘れているのであれば、おもいだしてもらいたい。犯人に狙われるような心当たりをおもいだせれば、対策も立てられる」

「そんなことを急に言われても、私にはなんの心当たりもないわ。殺されるような恨みを買うなんて、あるはずがないわ。万一、そんな恨みを買ったようなことがあれば、絶対に忘れないわよ」

「奥さんが他人(ひと)の恨みを買ったとは限りません。奥さんが無意識のうちに、犯人にとって都合の悪いことを知ったり見たりしても、犯人が狙う理由になります」

「犯人にとって都合の悪いことを知ったり見たりしたようなことはありません」

「奥さんがそうおもい込んでいるだけかもしれません。いますぐおもいださなくてもけっこうです。最近だけではなく、ずっと以前にそんなことがなかったか、時間をかけておもいだしてください」

片倉は有里子に宿題を課すように言うと、辞去して行った。

遠い接触

1

片倉の言葉は有里子を少なからず動揺させた。他人事として新聞を読んだ殺人事件の被害者が、有里子とまちがわれて殺されたという。それは衝撃的な告知であった。

たしかに片倉が示した被害者の写真は、有里子本人が見ても自分によく似ている。だが、有里子には殺されるような恨みを買ったおぼえはまったくない。

片倉は有里子が被害者と誤認された根拠の一つとして、笹塚界隈に事件発生前に行ったことを挙げているが、それは片倉の家を訪ねて行ったのである。

有里子は夫を愛しているが、友人に頼まれて、ほんの好奇心から出席した見合いパーティで片倉に出会い、心が動いた。片倉から真剣なプロポーズを受けて、自分には夫があることを告げたが、結果としては片倉の心を弄（もてあそ）んだことになってしまった。

そのことが有里子の心の負担になっていた。謝ってすむことではないが、片倉に会って詫びたいおもいが高じた。

結局、片倉の家の周りを歩いただけで、ドアを叩けなかった。片倉を訪問しようとした真意には、彼にもう一度会いたいという想いがあったのかもしれない。

夫と別れる意志がない以上、片倉にもはや会うべきではない。彼女の優柔不断な姿勢が片倉の心を傷つけ、夫に対しては裏切りを犯したような気持ちになった。

笹塚駅近くでもらった美容院のチラシを夫が見て、笹塚へ行ったことがあるのかと問うたとき、そこへ行った理由をはっきり告げられなかったのは、心にやましいおもいがあったからである。

笹塚へ行ったのは片倉の家を訪ねるためであって、殺人事件にはなんの関わりもないとおもっていた。それが被害者は有里子と誤認されて殺されたという。犯人は有里子の後を尾けていたのかもしれない。

その可能性におもい当たって、有里子は慄然とした。犯人は有里子を狙い、彼女の生活行動を偵察していた。そして犯行当日、有里子とよく似た被害者の帰宅途上を尾けて、現場で犯行に及んだ。

事件発生前、有里子は二度、笹塚へ行った。この回数は彼女の心の迷いを示すものである。このころ有里子はだれかの視線を感じた。この間、犯人は有里子を尾行していたのであろうか。

片倉は事件に人間の家が関わっている疑いがあると言っていたが、そう言われれば、犯行現場のかたわらを流れる水路の上流に新築らしいマンションが建っていたのをおぼえている。

窓の少ない、倉庫のような奇妙なマンションで、周辺住民のマンション建設反対の立て看板が並んでいた。あのマンションが片倉が言っていた人間の家の新拠点かもしれない。

人間の家が犯行に関わっているということは、つまり、同教団の関係者が犯人ということであろうか。有里子は人間の家に入信してもいなければ、入信を勧められたこともない。

そこまで思案を追った有里子は、ある可能性におもい当たって、はっとした。片倉は有里子がサクラを務めた結婚相談所が人間の家の関係機関ではないかと言っていた。教団関係者が犯人であるならば、有里子は人間の家にとって好ましからざる人物ということになるのかもしれない。

アルバイトの間、なにか人間の家について知ったことや、見たことはないか。なにもおもい当たらない。

彼女は転居した友人の後釜（あとがま）として五回、見合いパーティに出席しただけである。片倉からプロポーズを受けて以後、見合いパーティには出ていない。

もし、この間、人間の家について都合の悪いことを見たり聞いたりしていれば、有里子一人の口を閉ざしても意味がない。パーティ参加者全員（メンバー）が、犯人が狙うべき対象となってしまう。有里子が狙われたと仮定しても、見合いパーティが原因ではないと判断した。

見合いパーティでなければ、なにか。いくら思案を集めてもおもい当たることはなかった。

だが、片倉の警告は彼女の心身に不気味な影を落としている。犯人は物陰から凝(じ)っと有里子を狙っている。いまはほとぼりが冷めるのを待っているのかもしれない。

四六時中、有里子の隙をうかがっている犯人の精巧なレンズのような目を想像するとき、有里子は鳥肌が立った。

しかし、犯人はなぜ笹塚の現場で犯行に及んだのか。もし犯人の本命目的が有里子であるならば、わざわざ笹塚を犯行場所に選ばなくともよかったはずである。

犯人はもしかすると有里子の本当の素性と住所を知らないのかもしれない。友人の後釜を務めるとき、有里子は夫に知られないように、結婚相談所のプロフィールに偽名と虚偽の住所を記入した。

結婚相談所はアルバイトには身分証明を求めない。どうせサクラなので、そんなものを求めても意味がない。だから、犯人は有里子の住所を知らない。ということは、犯人はやはり結婚相談所の線、すなわち人間の家から来たのかもしれない。

すると、今後、結婚相談所に近づかない限り、彼女の当面の安全は保障されることになる。だが、有里子の推理はそれから先に一歩も進めなかった。どんなに考えても、見合いパーティで犯人から狙われるような心当たりはなかった。

犯人が有里子の素性と住所を知らない可能性におもい当たって、少し安心した。だが、片倉の警告は常に彼女の心に不安の影を落としていた。

田沢も出先で一人にならないようにと注意した。彼女は職業柄、諸方を飛び歩いている。いまやディスプレーデザイン界の寵児として、席の暖まる暇もない。見合いパーティのサクラを引き受けたのも、その会場の雰囲気が自分の仕事に役立つかもしれないという研究心からであった。海外や地方の仕事も入ってくる。帰宅が深夜に及ぶことは珍しくない。犯人に狙う意志があれば、機会はいくらでもあるはずであった。

有里子は夫の忠告を入れて、なるべく一人にならないようにした。だが、仕事の間は常に周囲に人がいたが、仕事が終わった後、いつも誰かに送ってもらうわけにはいかない。帰宅途上は一人になることが多い。

有里子は深夜帰宅以外のときでもタクシーを使うようにした。まさかタクシーに乗っているときは、犯人も襲って来ないであろう。

片倉と再会して十日後、有里子はタクシーの乗客となって帰宅途上にあった。ここのところ、晴海で開かれる世界情報科学ショーの総合ディスプレーデザインを担当していて、連日、深夜帰宅になる。

世界の最先端を行くコンピューター、ハイテクノロジーを競って、内外の情報科学産業の粋が一堂に会するので、そのディスプレーデザインも一瞬たりとも気を抜けない。

今夜も夫は先に帰宅して、帰らぬ妻を待ちながら侘しい一人の夕食をすましたにちがいない。好きな仕事とはいえ、連日の深夜帰宅を夫に対して申し訳ないとおもった。

（そのかわり、この仕事が終わったら、少しまとまった休暇を取って、この穴埋めをたっぷりしてあげるわ）

有里子は心の内で夫に語りかけた。

疲れてはいるが、仕事の興奮が残っている。ふとタクシーの運転が少し乱暴なような気がした。昼間の渋滞の分を夜間に取り返そうと焦っているのかもしれない。だが、彼女にとっても家路を急いでくれるのは歓迎すべきことであった。

「お客さん、すみません。曲がる通りを一つまちがえました」

運転手が謝った。これで家に帰る時間が少し遅れることになった有里子が不機嫌になったと見たのか、運転手は、

「ここからメーターは回しませんから」

と言った。

「いいのよ、そんなことをしなくても」

だが、運転手は遅れを取り返そうとして、ますます車を急がせた。停まれの標識を無視して四つ角を進行しようとした運転手は、優先権のある道から飛び出して来たバイクと危うく接触しかけた。

きわどいところでバイクを躱した運転手は、ほっと安堵の吐息をついた。

「運転手さん、そんなに慌てなくてもいいわよ」

有里子が注意すると、

「すみませんでした」

と運転手は素直に謝った。その瞬間、有里子は脳が感電したようなショックをおぼえた。彼女の意識の底に眠っていた古い記憶が明滅しながらよみがえった。

五年前のことである。田沢と結婚する前、有里子はあるインテリアデザインの会社に勤めていた。この業界に入って間もないころで、苦労も多かったが、毎日が新鮮で充実していた。

平均睡眠時間三時間ぐらいで、何ヵ月も頑張り通せた。稀に早い時間に仕事を終えても、まっすぐ帰宅したことはない。世界は自分を中心に回っているような興奮をおぼえていた。いまでもその興奮と充実感はあるが、体力は年齢相応に衰えている。

あの夜も、今夜のように車を走らせていた。タクシーではなく、マイカーを自ら運転していた。世田谷区内の裏通りの四つ角にさしかかったとき、突然、前方に人影が飛び出した。折から雨が降り出していた。人影は濡れた路面に足を滑らして、車前方の路上に転倒した。

愕然としてブレーキペダルを踏んだが、停めきれないと観念の目を閉じた。衝撃はこなかった。ようやく彼女は髪一筋の差で、車が停止したことを悟った。

路上に降り立ち、倒れた人影の方へ駆け寄りながら、「大丈夫ですか」と声をかけると、自力で起き上がった人影は、ものも言わず逃げるように駆け出した。人影は有里子に声をかけられたとき、彼女の方を見たようであったが、ちょうど街灯を背にして、顔はシルエットになっていた。

過去の危機一髪の場面が、いまのバイクとのきわどい場面と重なってよみがえった。

あのとき、あの人影はなぜ逃げるように走り去ったのか。暗い、乏しい逆光の中での一瞥であったが、若い男のようであった。彼はべつに逃げる必要はなかったはずである。

一時停止の義務を怠った有里子の方が一方的に悪い。接触こそしなかったものの、転倒して打ちどころが悪く、怪我でもしていれば、有里子がその責を負わなければならない状況であった。

ところが、被害者の立場にある彼の方が逃げ出した。面倒に巻き込まれるのを嫌ったのであろうか。たとえ交通事故を起こしたとしても、当事者同士で示談が成立すれば、警察はほとんど介入しない。

接触はしなかったが、有里子は一言詫びようとおもって声をかけたのである。だが、すでに彼は逃げるように走り出していた。有里子の顔は乏しい光ながら、街灯の方を向いていたので、彼には見えたかもしれない。

彼は有里子を知っていて、あのときあの場面で彼女と会いたくないような事情があったのかもしれない。あるいはだれであろうと関係なく、あの場面にいたことを知られては都合の悪い事情があったのであろうか。その事情とはなにか。

「お客さん、着きましたよ」

運転手に声をかけられて、有里子は我に返った。いつの間にかタクシーは自宅の前に着いている。車から降りても、熱くなった頭は冷めない。

あのとき被害者（になりかけた男）がなにかの犯罪に関わっていたとすれば、有里子に姿を見られたくなかったかもしれない。だからこそ、彼女に声をかけられて、慌てて逃げ出したのであろうか。

被害者の顔は逆光になり見えなかったが、彼は有里子に見られたとおもったかもしれない。その後、そんなことがあったのを忘れていたが、当時、あの近くでなにか事件は発生していなかったであろうか。

帰宅すると、田沢はまだ起きて待っていた。

「あなた、先に寝（やす）んでいてくだされればよかったのに」

有里子は言った。

「いや、ちょうど見たいテレビがあったのでね」

田沢は言い訳がましい口調で言った。

「あなた、関係あるかどうかわからないけれど、ちょっとおもいだしたことがあるのよ」

夫の顔を見た有里子は、五年前の事故未然の遭遇について語った。

田沢は熱心に耳を傾けてくれて、

「よくおもいだしたね。充分関わってくる可能性があるとおもうよ。きみの推測を確かめてみようじゃないか。五年前のその日、その男と遭遇した近くで、なにか事件が発生していないか、調べてみよう」

「実は、私もそうおもっていたの。それを確かめないと、今夜は眠れそうにないわ」

夫婦は早速、パソコンの前に座った。

有里子が検索キイを叩いて、通信ネットを経由して新聞社のデータベースにアクセスし、五年前の二月下旬の世田谷区内で発生した殺人、強盗、放火、強姦（ごうかん）等の凶悪犯罪事件をキイワードにして検索する。

「あったわ」

「あった」

液晶画面（ディスプレー）を見つめていた二人は、同時に声を発した。

——二月二十七日午前三時ごろ、世田谷区赤堤三丁目の自宅へ帰って来た棟居弘一良さんは、自宅の浴室に妻、春枝さん（三十）と、長女の桜ちゃん（二）の遺体を発見した。棟居さんの通報によって、警視庁捜査一課と北沢署が調べたところ、春枝さんの遺体は頭部および顔面、腕等に鈍器で殴られたような痕（あと）があり、桜ちゃんの首には紐（ひも）で絞められた痕があるところから殺人事件と断定、同署に捜査本部を設置して、捜査を開始した。

調べによると、一階裏手の台所出入口のガラス戸が割れていて、犯人はそこから侵入した模様。八畳の居間やダイニングキッチンでは椅子や家具が倒れ、食器が砕け落ち、衣類が散乱して、物色されていた。異常な物音に不審におもった春枝さんが様子を見に来て、犯人を見つけ、激しく争った模様である。

司法解剖の結果、春枝さんの死因は後頭部を鈍器で殴られたことによる脳挫傷（のうざしょう）、桜ちゃんは紐で首を絞められての窒息死と鑑定された。犯行時間は二十六日午後十時から十一時ごろにかけてと推定された。犯人は桜ちゃんを守って抵抗する春枝さんを鈍器で殴って殺害した後、桜ちゃんの首を紐で絞めて殺害し、二人の死体を浴室へ運んだと見られている——。

事件発生現場は有里子が男と遭遇した四つ角の近くであり、時間も符合している。

「きみはこのとき、無意識のうちに犯人と顔を合わせたんだよ。そして、犯人はきみに見られたとおもい込んだんだ」

田沢が言った。

「この母娘（おやこ）を殺した犯人が、私を追いかけて来たと言うのね」

「ほかに心当たりがなければ、可能性として考えられるのは、この事件が尾を引いているということだ」

「私は犯人の顔を見ていないわ」

「犯人は一方的に見られたとおもい込んでいるんだよ」

「でも、だったらどうして、五年も後になって私を狙うの。私は当時、仕事に夢中で、テレビや新聞のニュースに無関心だったわ。五年間も事件について一言もしゃべっていない私を、どうしていまごろになって狙うのよ」

「きみと鉢合わせしたときは、犯人も犯行直後で動転していたんだろう。それが最近になって、きみとどこかで再会した。犯人はきみの顔をおぼえていた。そして、犯人はきみに顔をおぼえられているか、あるいは五年ぶりに再会して、犯人の顔をおもいだしたかもしれないとおもい込んだんだろう」

「私、犯人の顔なんかおぼえていないわ。おぼえるもなにも、暗くて顔が見えなかったのよ」

「犯人はそうはおもっていない。きみに顔を見られた可能性があるだけで、犯人にとってはきみが脅威になる」

「そして、私の口を塞ごうとして、まちがえて別の人を殺したというわけ」

「そのように考えると、五年前の殺人事件とOL殺害事件がつながってくる」

「怖いわ。もしあなたの推理の通りであれば、犯人はすでに三人も殺しているのよ」

「怖がることはないよ。ぼくがついている。それに犯人は人ちがいしたとはおもっていないかもしれない」

「それ、どういうこと？」

「犯人ときみは五年前、暗い四つ角でほんの一瞬顔を合わせただけだ。犯人がもしそのときみの車のナンバーを記憶していれば、もっと早くきみに行きついたはずだ。五年も犯人の気配がなかったということは、犯人がきみの素性を知らないことを意味している。だからこそ、人ちがい殺人をする可能性も生じたわけだ。犯人は本来の標的を狙ったとおもい込んでいるかもしれない」

「すると、犯人は目的を達したと信じて、もう私を探していないわね」

「その可能性も充分に考えられる。犯人は警察の捜査方針や、片倉さんの推測を知るはずがないからね」

「片倉さんが推理したように、犯人が私の後を尾けていたとしたら、この住所も突き止めているかもしれないわよ」

「その見込みは少ないね。住所まで突き止めていたら、当然、身許も確かめたはずだし、人ちがいをする確率は低くなる。それにきみの生活圏で襲ってきたはずだ。それが仕事で行った先で襲ったということは、犯人がきみの住所も身許も知らないということだよ。どこかできみに再会して、たまたまきみが笹塚へ行ったときを尾けた。そして、笹塚で網を張っていたところにきみとまちがわれた被害者が引っかかってしまった……。犯人はきっと、きみが笹塚界隈に住んでいるとおもったのかもしれない」

「ずいぶんそそっかしい犯人ね」

「そうでもないよ。きみが何回か笹塚に行ったことで、犯人はきみの住居か、あるいは仕事場が笹塚界隈にあるとおもったんだろう」

有里子が仕事と偽って笹塚へ行ったのは二回である。結局、片倉の住居の前まで行っただけで帰って来てしまった。だが、そのことを正直に大に告げられない。有里子はあくまでも仕事ということで押し通すことにした。

この二回の笹塚行きが、犯人に有里子の生活圏が笹塚にあると錯覚させ、無関係の被害者の生命を奪う結果になってしまった。

2

田沢は妻がおもいだした心当たりを片倉に連絡した。片倉は早速、飛んで来た。

片倉は有里子が検索、プリントアウトした五年前二月の居直り強盗母娘（おやこ）殺害事件の記事を読んで、愕然とした。片倉の大袈裟（おおげさ）な反応に田沢夫婦の方が驚いた。

「片倉さんもこの事件になにか心当たりがあるようですね」

田沢が問うた。

「同姓同名の別人でなければ、この被害者母娘の夫であり、父親であり、そして事件の発見者である人物は、ＯＬ殺害事件を担当している捜査一課の刑事ですよ」

今度は田沢夫婦が驚く番であった。

「棟居弘一良、事件後、私の家に聞き込みに来た捜査一課の刑事です。こんな珍しい名前の同姓同名の別人はまずいないでしょう。たぶんその刑事の奥さんと子供さんが被害者だとおもいます」

もしそうであれば、奇しき因縁と言うべきである。ＯＬ殺害事件が五年前の居直り強盗母娘殺害事件とつながりかけている。だが、このことはまだ彼らの推測の域を出ない。

「どうします。棟居という刑事に連絡しますか」

田沢が片倉の顔色を探った。

「連絡すべきでしょうね。あとは棟居さんに任せましょう。棟居さんに心当たりがあれば、的確な判断を下すでしょう」

片倉が言った。

捜査本部はまだ仁科里美の存在を確認していない。そして、里美イコール有里子の記憶に埋もれていた五年前の棟居の妻子を奪った事件との関わり合いが、膠着状態の捜査に新たな展開をあたえるかもしれない。

3

田沢夫婦と片倉がもたらした情報は、捜査本部を色めき立たせた。

特に棟居は強い衝撃を受けた。妻子を守れなかった責任は、彼が終生背負うべき心の債務であった。

五年前、妻子を奪った悪魔の消息が、意外なところから聞こえてきた。そして、その悪魔は現在、棟居が担当している事件にも関わっている気配である。

「田沢有里子が鉢合わせしたという人物が、棟居君の家族を殺害した犯人であるとは確かめられていない。たまたま犯行当夜、現場の近くで田沢有里子が遭遇した素性不明の人間というだけにすぎない」

と山路が慎重意見を唱えた。

有里子が鉢合わせした人間が、棟居の妻子が殺された事件と無関係であれば、ＯＬ殺害事件からも切り離されてしまう。

「ＯＬ殺害事件が犯人の誤認である可能性は、すでに捜査方針に入っています。ここに仁科里美の存在が確認され、彼女の五年前の心当たりは無視すべきではないとおもいます。五年前の事件現場と、仁科里美こと田沢有里子が男と遭遇した地点は極めて近く、時間も犯行時間帯に符合しています。男の不審な挙動から見ても、棟居家の強盗殺人被害との関連性は濃厚と考えられます」

菅原が棟居の立場に立って援護射撃をした。

棟居はいま、たぎりたつ感情を意志の力で抑えていた。

五年前、棟居の不在中、侵入した悪魔に妻子を奪われた心の傷口は、いまだに塞がることなく出血をつづけている。妻子が夫と父親に必死に救いを求めているとき、棟居は彼らを救うために一指も上げることができなかった。

家族を失った悲嘆に加えて、犯人に対する怒りと、自分自身の不甲斐なさが胸を噛み、傷口を抉る。その犯人の消息が五年してようやく聞こえてきた。

しかも自分の担当する事件にどうやら関わりそうな気配である。棟居としては田沢有里子のもたらした情報に全力を集中して捜査したいところであった。

だが、立場上、棟居はあまり強く主張できない。捜査に私情は禁物である。棟居の胸のおもいを菅原が代弁してくれた形であった。

山路の慎重意見は正論である。まず、誤認殺人説そのものが仮説であって、証明されたわけではない。その仮説を踏まえて、田沢有里子が五年前に怪しい人物と遭遇した地点の近くに、当夜、妻子を殺害された棟居の家があったというだけである。

捜査に私情は禁物といっても、刑事も人間である。妻子を殺害した犯人らしい人物の消息に平静ではいられない。この際、発言すると、自分を抑えられなくなりそうなので沈黙を守っているだけである。

だが、捜査会議の大勢は、田沢有里子の情報に傾きつつあるのがわかる。八方行きづまった捜査本部に、田沢有里子のもたらした情報は一筋の光明を投げかけるものである。

「もし犯人が五年前から田沢有里子を追いかけて来たとすれば、なぜ五年も待ったのですか」

那須班の山路に次ぐ古参の草場が問うた。

「五年前、田沢有里子と犯人が遭遇した時点では、犯人も動転していて、有里子の車のナンバーを確認し損なったのだとおもいます。それが最近になって、有里子と犯人が再会したのではないでしょうか。有里子は犯人の顔を見ていないということですが、犯人は有里子をおぼえていた……」

棟居はようやく発言する機会を得た。この問題は、片倉と田沢夫妻の間ですでに検討されている。

「犯人が有里子を一方的に認識していたとしても、有里子はまったく気がつかなかったのかな」

草場が棟居の方に視線を転じた。

「再会した場所によっては、充分あり得るとおもいますよ。一対一の再会であれば、相手方の反応や表情から気づいたり、不審を抱いたりすることもあるでしょうが、大勢の中で出会っていれば、有里子が気がつかなくとも不思議はありません」

「大勢の中の出会いか……なるほど。たとえば……」

「たとえば劇場とか、駅とか、ホテルとか……」

「田沢有里子は最近、テレビに出演したようなことはないかな。テレビに出演すれば、犯人が一方的に認識しているかもしれない」

「テレビ出演の有無は、早速本人に確認してみましょう。しかし、テレビに出演した彼女を犯人が見かけたとすると、捜査の範囲は無限に広がってしまいますね」

菅原が言った。

「仮にテレビに出演したとしても、テレビ局は視聴者からの問い合わせに対して、出演者の住所を知らせることはありません」

棟居が言った。

「田沢有里子は結婚相談所のサクラを務めていたそうですね」

那須班の最若手、下田がなにかにおもい当たったように言った。一同の視線が下田に集まった。

「犯人と田沢有里子が結婚相談所で再会したという可能性はないでしょうか」

下田の言葉に、会議場にざわめきが起きた。一同の前に新しい視野が開かれたような気がした。

結婚相談所の見合いパーティならば、犯人が有里子と五年ぶりに再会した可能性はある。大勢の中の出会いでありながら、マスメディアを通しての出会いとは異なり、本人をより詳細に確認できるであろう。

有里子は結婚相談所のプロフィールには偽名と虚偽の住所を記入していた。したがって、犯人は有里子と再会しても、彼女の素性と住所を知らない。犯人が被害者を誤認した可能性も出てくるのである。

有里子が見合いパーティに出席した回数は五回、それらのパーティに出席した会員の数は限られる。捜査会議に静かな興奮と緊張がみなぎった。

「田沢有里子が見合いパーティで出会ったメンバーの中に、五年前、彼女が棟居君の家の近くで遭遇したという人間がいれば、現実味はぐんと増してくる。まず、見合いパーティのメンバーの中に心当たりの人物はいないか、また最近、テレビやマスコミに出演したことはないか、田沢有里子から確認を取ってくれ。棟居君と菅原さん、ご苦労だが、早速、田沢有里子に会ってもらいたい」

那須が捜査会議の結論として二人に申し渡した。沈滞していた捜査本部が久し振りに活気づいた。那須は棟居の心情を察して、田沢有里子からの確認役を申しつけたのである。

棟居は田沢有里子に面会した。菅原が同行した。棟居はまずテレビを中心とするマスコミ関係出演の有無を端的に聞いた。

「ショーやディスプレーの会場でカメラを向けられたり、コメントを求められたりしたことはありますが、テレビの番組やインタビューに出演したことはありません。商業デザイン関係の雑誌には依頼を受けて、時どき原稿を書いています」

「ペンネームを使っていますか」

「いいえ、雑誌には本名で書いています」

「筆者の写真を掲載しますか」

「写真は載せるときもあれば、載せないときもあります。でも、専門雑誌なので、限られた分野の人の目にしか入りません」

「五年前の事件の犯人が、あなたを追跡して来たと仮定すれば、あなたは最近、犯人とどこかで再会しているはずです。我々はあなたが見合いパーティで犯人に出会ったのではないかと考えていますが、パーティ参加者におもい当たるような人はいませんか」

「お見合いパーティ……」

有里子ははっとしたような表情をした。彼女にとっても見合いパーティは盲点だったようである。

「もし犯人がパーティであなたに再会していれば、特別な反応を示したとおもうのですが、なにか心当たりはありませんか」

「そのように言われても、特におもい当たるような人はいません」

有里子は見合いパーティの人気者で、常に周囲に多数の男性会員が群がっていた。「エスパウズ」としても売れっ子の彼女を、いつまでもサクラに雇っておきたかったであろう。

だが、有里子は片倉以外の男性会員は適当にあしらっていた。片倉のひたむきな熱意に心が揺れて、一度唇をあたえたことが夫を裏切ったような後ろめたさとなっている。

片倉に夫がある身であることを伝えて、結婚相談所のサクラもやめたが、片倉への未練を断ち切れず、彼の家を訪ねて行ったことが、無関係の人間の命を奪う結果になってしまった。だが、もし有里子が片倉に出会わなければ、その後もサクラをつづけていたかもしれない。とすれば、犯人は誤認することなく彼女を殺害したかもしれない。

棟居に見合いパーティの男性参加者の中に犯人が潜んでいる可能性があると指摘されて、有里子は慄然（りつぜん）とした。

「友人に頼まれて見合いパーティに出席したということですが、その主催者が人間の家と関わりがあるようなことは聞きましたか」

「いいえ、全然」

「その友人は人間の家の信者ではありませんでしたか」

「そんなことは聞いていません」

「見合いパーティに出席している間に、人間の家に入信を勧められたことはありませんか」

「それはありません。相談所（エスパウズ）が人間の家の関係機関ということはまったく知りませんでした」

「我々の調査によって、エスパウズは人間の家の偽装機関（フロント）であることがわかりました。エスパウズは人間の家が全額出資しております。姉川所長以下、主だった所員はすべて人間の家の信者です」

「どうして私に入信を勧めなかったのかしら」

「たぶん勧める前に、あなたがやめてしまったのですよ。人間の家はだれでも片っ端から入信を勧めているわけではありません。家族構成、交友関係、学歴、職業、経済状態、経歴などを調査して、徐々に入信の誘いの手を差し伸べているようです。まず、係累のない二十代の男女が狙われていますね。あなたは名前と住所を偽っていたので、警戒されていたのかもしれません」

「どうして警戒するのですか」

「人間の家はそれだけ秘密の体質を持っているからでしょう」

「人間の家と犯人になにか関係があるのですか」

「それはまだわかりません。ただ、あなたが再会したかもしれない犯人は、見合いパーティに参加していた可能性があると考えています。犯人が人間の家の信者であるかどうかは確認されていません。犯人はあなたと見合いパーティで再会して、あなたが笹塚方面に出かけたとき、尾行をした疑いがあります。事件が発生した現場の近くには最近完成した人間の家の新拠点があります。あなたは笹塚へどんな用事で出かけたのですか」

棟居はすでに片倉から、彼女が自分の家を訪ねて来たのではないかという推測を報告されていた。

棟居は田沢が共にいると答えにくいであろうと察して、彼女と単独に会見した。棟居の質問に束の間、彼女の表情がためらったようであった。

「奥さん、これは大切な質問です。正直に答えていただけませんか。ここで話されたことは、我々の胸の内だけにたたんでおきます」

棟居は迫った。

「実は、片倉さんからプロポーズを受けまして、私がすでに結婚していることを打ち明けました。それ以後、パーティの参加もやめましたが、片倉さんに申し訳なくおもって、お詫びを申し上げるために二度ほど片倉さんのお宅をお訪ねしたのです。でも、お宅の前まで行って帰って来てしまいました」

「電話でも言えることをわざわざ家まで行ったのには、なにか特別な意味がありますか」

「電話では誠意が足りないとおもったのです」

「奥さんが笹塚へ行ったとき、犯人が尾行していた可能性が大きいのですが、そのときなにか気がついたことはありませんか」

「さあ、特におぼえていません」

有里子は必死におもいだそうとしているが、記憶に引っかかっているものはないようである。有里子にしても、犯人が逮捕されない限り、自分の生命が危険にさらされていることになる。

「我々も目を配っていますが、当分の間、身辺にはくれぐれもご注意ください」

いまは有里子からこれ以上引き出せないと判断した棟居と菅原は、彼女の用心を促して辞去した。

有里子は心当たりのある者をおもいだせなかったが、棟居と菅原は犯人が見合いパーティの参加者に潜んでいるという心証を得た。

テレビカメラに撮られたとはいっても、スタジオやインタビューに出演したわけではない。犯人がたとえ彼女を認めたとしても、五年前に、夜の乏しい照明下で一瞥しただけの人間を確認できたとはおもえない。雑誌に掲載された写真が犯人の目に触れる確率は極めて低い。

見合いパーティでは男女が文字通り見つめ合う。

「結婚相談所から見合いパーティ参加者のリストを領置するのはたやすいですが、相談所そのものが犯行に関わっているとなると、リストを改竄（かいざん）する虞（おそれ）がありますね」

帰途、棟居が菅原に言った。

「私もそうおもいました。しかし、リストがないことには身動きがとれない」

菅原が当惑したような口調で言った。

「もしリストに改竄が加えられていれば、相談所と人間の家が犯行に関わっていることを自供したようなものです。とにかくリストを提供させて、参加者をしらみ潰しに当たれば、参加者から新たな情報が寄せられるかもしれません」

棟居は宙を睨んだ。彼はそこに犯人の姿を見ていた。

宣戦する〝神意〟

1

棟居と菅原の報告を受けて、捜査本部はエスパウズにパーティ参加者リストの提供を要請した。結婚相談所には医者や弁護士のような法的な守秘義務はない。エスパウズは意外に素直に要請に応じた。

田沢有里子が参加したパーティは五回である。四回はホテルやレストラン、一回は東京湾周遊の観覧船（クルーザー）を借り切って行なわれた。大体月一回、あるいは三ヵ月に二回の頻度（ペース）で開かれている。

参加人数は各回ごとに多少異なるが、五十名ないし八十名、男性六対女性四ぐらいの割合である。この女性の中にサクラが含まれているのであるから、参加者は男性の方が圧倒的に多い。年齢は二十代後半から三十代がメインとなる。

五回の見合いパーティの参加者総数は三百二十一名。このうち毎回参加するレギュラーメンバーや重複参加者がいるので、実数は半数以下になる。

さらに犯人像に合う男性メンバーは八十九名に絞り込まれた。この八十九名中に片倉も入っている。

見合いパーティ参加者はあらかじめ主催者に、本人の個人データを記入した見合い申込書を送っている。捜査本部はこの申込書に基づいて一人一人当たっていった。

申込書には本人の写真も添付されている。

ただし、カップリングが成立するまでは本人の住所、氏名、電話番号、会社名等は相談所から相手方には知らせないシステムになっている。

申込書の半券（返信票）にパーティの期日、場所、会員番号等が記入されて、返送されてくる。これがパーティの入場券となる。

男性メンバーはほとんど申込書に記載した住所に実在していた。男性メンバーにはサクラはいないので、氏名、住所を偽って参加する必要がない。

だが、男性会員中、三名に友人の氏名、住所を借用している者がいた。友人の名前を借りて、自分の写真を貼り申し込んでいたのである。

友人から本人が割れて、当人に確かめたところ、

「プロポーズを断られたら恥ずかしいので、友人の名前を借りた」

「遊び半分だった」

「パーティでいい娘にめぐり会えたらいいなぐらいの軽い気持ちで、友達の名前を借りて参

加した」

などと語った。

男性メンバーはすべて消去された。

犯人像としては男性よりも薄いが、女性メンバーも対象から外すわけにはいかない。女性メンバーには十二名、名前と住所を偽っている者がいた。このうち、有里子以下五名が相談所が雇ったアルバイト(サクラ)であることを認めた。残りの七名が友人の氏名、住所の無断借用であった。

理由は、ほぼ男性と同じであったが、

「両親が勧めた見合いを断ったので、両親に知られたくない」

という者がいた。

結局、リストのメンバーはすべて消去された。

片倉宏にとって仁科里美こと、田沢有里子との再会は劇的であった。

片倉に示唆されて、有里子は犯人が彼女を狙う動機となったかもしれない五年前の遭遇をおもいだしたが、その近くで発生した事件の被害者が、棟居の家族であったということは、二重の衝撃であった。

捜査本部は有里子がおもいだした心当たりを踏まえて、新たに捜査を始めた模様である。

現場の水路からボツリヌス菌が証明されたことを棟居に伝えたとき、棟居から人間の家の集会に自衛隊関係者が参加していないかどうか確かめてくれと依頼された。

人間の家に防研の職員が関わっていると片倉が伝えたとき、棟居と菅原は強い関心を示した。

片倉は人間の家の集会にはもう出まいとおもっていたが、棟居の話を聞いて出席する気になっていたところに、現場から人食いバクテリアが出るに及んで、さらに人間の家を探る必要を感じた。

ＯＬ殺害事件と人間の家との関わりは不明であるが、現場近くの水路から証明されたボツリヌス菌と人食いバクテリアの出所が人間の家であれば、両者の関わりを疑いたくなる。

片倉の自衛本能はこれ以上、人間の家に近づくことの危険性を警告しているが、好奇心を抑えきれなかった。

高野史恵には携帯電話の番号をおしえてあるので、彼女からは再三、集会への誘いをかけられている。

「次の集会は強化集会です。ぜひ、ご出席ください」

史恵は言った。

「強化集会とはなんですか」

「これまでの一般集会は同士たちの敵（社会悪）に対するさまざまな意見を集めることを目

的にしていましたが、強化集会では敵に対して具体的な作戦を検討します。今度の強化集会には東京連隊西部地区の大師も参加します。片倉さんもぜひ出席してください」

史恵は熱心に誘った。

大師は正師に次ぐ最高幹部である。

「大師とは凄いですね」

「西部地区の大師は総帥の神衛隊員でもあります。総帥の側近中の側近ですよ。きっと片倉さんの人生の転機となるようなお話を承れるでしょう」

「時間が許せばうかがいます」

そのときは片倉は出欠を明確にしなかった。だが、棟居から依頼を受けた後、強化集会に興味をそそられてきた。なにやら物騒な集会であるが、面白そうでもある。

2

朝野家に突然、則子が帰って来た。今度は前回のように幹部は同行していない。両親が喜んで娘を迎えると、

「数日後に韓国へ行くの。少しあちらに滞在することになるかもしれないので、衣類や身の回りの品を取りに帰って来たのよ」

と則子は突然、両親に告げた。

「韓国へなにしに行くんだね」

驚いて善信が問うと、彼女は一拍ためらった後、

「結婚するの」

と言った。

「なんだって、結婚だって」

「だれと結婚するの」

両親は驚いて、相次いで尋ねた。

「わからないわ」

「わからないって、おまえ、自分の結婚の相手を知らないはずがないだろう」

「本当に知らないのよ。総師のご命令で統一結婚式を挙げるの」

「統一結婚式って、なんだね」

善信は問うた。耳慣れない言葉であった。

「総師が神のお告げによって配偶者を探してくださるのよ。神の定めたもうた配偶者と合同の結婚式を挙げるのよ。それを統一結婚式と呼んでいるの」

「神が定めたといっても、おまえ、全然知らない相手と結婚するなんて乱暴じゃないか。それに結婚するのに、なぜ、わざわざ韓国へ行かなければならないんだね」

問いながら善信は、ふと不吉な予感をおぼえた。結婚の相手は日本人とは限らないのではないだろうか。

「少しも乱暴ではないわよ。神のご意志による結婚なんて最高じゃないの。大恋愛の末の結婚でも離婚することが多いのは、結局、人間の意志だからなのよ。神意はすべてを見通されて、この世界のあらゆる男女の組み合わせの中で、最もふさわしい二人を結ばせたもうのよ」

則子はあらかじめ言い含められていた台詞（せりふ）を暗唱するように言った。

「親にも知らせず、神意による結婚などといっても、とうてい納得できないね。おまえはまだ二十一歳の学生だよ。学生が学校へも行かず、突然海外へ行って、神意による結婚をするなどと言っても、許す親はいない。結婚は決して両人だけのものではないのだよ。両親、親戚、友人、できるだけ周囲の大勢の人々の祝福を受けて結婚するのが自然なのだ」

「私はもう大人よ。憲法で結婚する権利を定められているわ。たとえお父さんやお母さんでも反対はできないのよ。神のご意志は絶対よ。間違いはないわ」

則子はなにかに取り憑（つ）かれたかのように、目を宙に据えて言った。

「その統一結婚式とやらに、両親の同行は許されないのか」

「どうして両親が同行しなければいけないの。お父さんたちは私が結婚する権利を認めてくれないの。子供は親のものではないのよ」

「認めるとか認めないとかではなく、親が娘の結婚式に出るのは当たり前だとおもうがね」

「総帥が親がわりなのよ。親だけではなく、媒酌人、家族、友人のすべてを代表してくださるの。だから、だれも親や友人は出席しないわ」

「則子、おまえは悪い夢を見ているんだ。総帥とかいう人が聞いたという神のお告げによって、どこのだれとも知らぬ人間と外国へ行って、突然、結婚するということがどんなことなのか、ちょっと頭を冷やして考えればすぐわかる。結婚は一生の問題だよ。おまえはこれからたくさんの人と出会うのだ。おまえにふさわしい人がきっと現われるにちがいない。目を覚ましてくれ」

善信は娘を必死に説得した。

「私は冷静よ。夢なんか見ていないわ。総帥は人間ではないわ。人間の形を借りた神様なのよ。神のお告げを疑うことは冒瀆よ」

則子は両親がなにを言おうと、聞く耳を持たなかった。

「親としては、神のお告げとして、どこのだれともわからぬ者と娘を結婚させるわけにはいかない。私たちが納得できるまでは、おまえをこの家から出すわけにはいかない」

善信はたとえ娘を監禁しても、韓国へは行かせぬ決意を示した。

「お父さんは私を閉じ込めようとするの」

「そんなことはしたくないが、おまえがどうしてもと言い張るならやむを得ない」

「神のご意志に逆らうの」

「そんなものは神の意志でもなんでもない。神のお告げを騙って、娘を肉親から取り上げようとしているだけだ」

「お父さんは悪魔の手先なのよ。神のお告げに背いて、娘を自分の私物にしているんだわ。私、お父さんの持ち物なんかじゃないわよ。そこをどいてちょうだい。私がどこへ行こうと、だれと結婚しようと、親に妨げる権利はないわ」

則子は目を吊り上げて抗議した。

「駄目だ。私たちが納得するまでは、この家から一歩も外へ出さない」

善信は娘の自由を拘束しても、行かせぬ構えを見せた。

さすがに則子も父親の強い姿勢に、それ以上逆らえなくなった。

「いいわ。お父さん、後できっと後悔するわよ」

則子は捨て台詞を吐いて、自分の部屋に閉じこもってしまった。母親はただおろおろしているばかりである。

「いいかね。則子から片時も目を離すんじゃないよ。どんなことがあっても、則子を行かせてはならない」

善信は妻に指示した。

だが、それから数時間後、事態は急転した。

前回、同行して来た江上部長が屈強な男数名を引き連れて、朝野家に押しかけて来た。

「則子さんから連絡をもらいまして、迎えにまいりました」

江上は口調は丁寧であるが、抵抗すれば容赦はしないという強い姿勢を見せて言った。どうやら則子は携帯電話で連絡を取ったらしい。

「娘が突然、どこのだれとも知らぬ相手と外国で統一結婚をすると言い出したので、親として納得のいく説明を求めただけです」

朝野が抗議すると、江上は、

「お嬢さんの意志による結婚です。これを妨げることはご両親といえどもできません」

と言った。

「妨げているわけではない。納得のいく説明を求めているだけです」

「ご本人の意志、それ以上の説明は必要ありません」

「娘は神の意志と言っています」

「神のご意志は本人の意志を超越します。本人の意志でも充分な上に、神のご意志がお嬢さんの結婚をみそなわしています」

「神の意志といっても、要するに、総帥の意志ではないか。娘は総帥に騙されているのだ」

「総帥は上御一人です。総帥のご意志に背くことはなんぴとたりともできません」

江上はこれ以上問答無用と、顎をしゃくった。屈強な男たちに囲まれて、則子は家を出て行った。朝野夫婦はなす術もなかった。

江上らに拉致されるように娘が出て行った後、朝野は警察に連絡した。警察官が来たが、二十一歳の女性が自分の意志で家を出たと聞いて、事件にはならないと言った。

「娘は騙されているのです。人間の家に入信して、正常な判断力を失っています。どうか娘を取り戻してください」

と朝野は訴えたが、

「お嬢さんは未成年者ではありません。お嬢さんの意志による結婚に反対して閉じ込めたりすれば、親といえども監禁罪が成立する可能性があります。お嬢さんが騙されていないと言い張る以上、水かけ論になってしまいます」

警官も困惑しているようであった。

3

朝野善信から、則子が人間の家が主宰する統一結婚式に参加するため韓国へ行くという連絡を受けた牛尾は、ついに結婚を利用して、信者の囲い込みに乗り出したことを悟った。

共同生活の次は教団(カルト)の意志のもとの結婚を強制して、地縁、血縁で何重にも信者を囲い込んでいく。カルトの常套手段である。

統一結婚によって肉親を奪われた者は、朝野夫婦だけではなかった。全国から同様の訴えが相次いだ。

だが、人間の家は巧妙で、未成年者に対しては統一結婚に誘わない。親権者の同意のいらぬ成人だけを狙って、本人の意志という形で多数の若い男女信者を狩り集めた。

成人が本人の意志による結婚を主張する限り、憲法によって保障されている基本的人権に対して警察は介入できない。

本人の家出に際して、教団幹部が同行することはあっても、エスコートという名目である。親があくまでも子供たちの結婚を阻止しようとすれば、かえって親の方に非があることになってしまう。

だが、朝野善信は強硬であった。彼はこのような理不尽な結婚には、親として絶対に賛成できないと主張した。

進んでテレビやラジオ等にも出演して、同じように肉親を人間の家に奪われた人々に対して連帯を呼びかけた。

「正体不明の総師なる者のみが聞くことのできる神のお告げと称して、名前も知らない、どこのだれともわからぬ者と結婚させる権利がどこにあるのか。神の声と称して、これを絶対とするならば、総師と人間の家は神のお告げを利用してなんでもできることになる。当然、悪事も正当化できる。人間の家を信ずることによって、来世で救われるかどうかも、死後、だれからも報告が来るはずもないのであるから、証明のしようがない。

人間の家の総師が真に神のお告げを聞いているのであれば、統一結婚式に成人だけを選ぶ必要はない。未成年者を避けているのは、親の阻止を躱すためである。彼らは集会に誘って、社会の悪と毒に対する宣戦のもとに、同志の結束を呼びかけ、洗脳し、より深い連帯、ついには神との合一を得るためと称して、各地の人間の家に入居を勧める。集会では一円も求めなかったが、入居に際しては神納金として全財産を差し出さなければならない。神と合一を図るためには、汚れた社会で得た金銭や物はすべて捨てるべきであると説かれるのである。だが、捨てるのではない。人間の家がすべて吸収してしまうのである。汚れた世の金と物を捨てよと言いながら、それを人間の家自身が吸い集め、一部幹部の贅沢を支えるために私することが、神との合一とどのような関係があるのか。その神納金はだれが使うか。総師と、一部高級幹部が全世界二万の信者から吸い集めた数十億円と推測される金を、税金も払わず、経理の公開もなく、私しているのである。マインドコントロールされた信者たちは、神納金になんの疑いも抱かず、入信前の半生の結晶とも言える全財産を嬉々として人間の家に提供する。これに疑いを持ったり拒んだりする者は、神意に逆らう者とされ、神罰を受けるであろうと脅かされる。

全財産を提供した信者たちは、社会と完全に絶縁し、もはや人間の家以外に生きる場所を失う。家族ぐるみで入信した者はもちろん、統一結婚させられた男女は、人間の家の一方的な命令によって、住む場所も定められる。これが日本以外の世界のどのような辺地であろうと苦情は言えない。脱会することもできない。脱会することは、信者にとって最大の罪悪とおしえ込まれ、人間の家のみを残して世界は滅亡するとおしえられているので、逃げようという気も起きない。

彼らは巧妙に法の網を潜り、神のお告げと称して、家族と家庭の破壊を勧めている反社会的集団である」

朝野の呼びかけは人間の家に肉親を奪われた家族たちの強い共感を呼び集めた。

朝野の許には全国から被害者たちの情報が集まり、朝野は全国被害者集団の盟主となった感があった。

人間の家もこれに激しく反論した。

「神を信ずる者と信じない者との間には対話は成立しない。信じない者はしょせん、無縁の衆生(しゅじょう)である。だが、朝野氏の発言は神を冒瀆し、人間の家を著しく誹謗(ひぼう)するものであり、とうていこれを黙過することはできない。神は絶対真実、不可知な存在であり、本来、証明できる世界ではない。信ずるところから神は発するのである。証明は人間の尺度で測るものであり、これをもって神を測ろうとするところに無理があるのである。

だが、人間の家はこの世に生活する人間をこの世のあらゆる敵と毒から救うことを目的としているので、この世との関わりを完全に拒むわけにはいかない。未成年者の統一結婚を控えているのは、この世の法律を最大限に尊重している証拠である。人間の家はこの世界の法律を約束事として遵守している。法の網を潜ったことは一度もない。人間の家にとって、この世は仮の世界にすぎず、法律は仮の約束事にすぎないのである。その仮の約束すら遵守するところに、人間の家の誠意がある。たとえ仮であっても、人間が本来の自分を取り戻すための、自分が真に属すべき世界に渡る橋として尊重しているのである。仮橋であっても、これを破壊すれば、真に属すべき世界へ渡れなくなる。人間の家がこのような愚行を犯すはずがない。

我が人間の家は一人の信者たりといえども、当人の意志に反して入信を勧めたことはない。また、人間の家が主宰する統一結婚式も本人たちの意志を踏まえている。根拠もなく人間の家を反社会的と断定することには、とうてい承服できない」

人間の家は、反論をしても、信じない者とは対話が成立しないと突き放して、論点がかみ合っていなかった。

この世を、救われる来世に至る仮の橋として認めているので、反社会的集団ではないとする論理は、巧妙な瞞着（まんちゃく）であった。

勝手に個人（総帥）をオールマイティの神と規定し、なにゆえ神なのかという証明を不可知の世界に逃れて、拒否した。この論法でいけば、だれでも神となることができ、その証明を拒める。

韓国・ソウル郊外で行なわれた人間の家の統一結婚式は、報道陣を完全に締め出した。そのため、約五百組の男女が総帥・国安泰人の媒酌によって結婚したというだけで、詳しい情報はなにも伝わらない。

だが、信者を偽装して結婚式に潜入した勇敢なレポーターが、統一結婚式の模様をわずかに報道した。

隠し撮りした国安泰人の写真は、不鮮明ながらその特徴を捉えていた。中央祭壇に立った国安は、浮腫んだような顔をした中年の男で、感情を喪失したような無表情な顔を持っていた。太った胴体に対して、手足が細く、短く、奇異な体型であった。

「本日、この大慶の日に、神のご意志によって結ばれた同士諸氏は、これより神の家庭を築くことになる。神意によって結ばれた同士の家に生まれる子は神子である。近い将来、神子がこの世界を支配して、神の世界をつくるであろう。神意を授かり、同士の結婚を司式することは、至上の喜びである。神が結びたもうた二人は、人これ引き離すこと叶うまじ」

と国安は約五百組の結婚の司式を宣した。

レポーターの報告によると、日本人は二割に満たず、他は外国人によって占められている。中南米系が圧倒的に多く、次いでアフリカ、東南アジア、中国、韓国ということである。

国安は意図的に日本人同士の結婚を避けているようである。潜入したレポーターも、強制的にカップリングさせられたパートナーはフィリピンの女性であった。

日本人女性はほとんど中南米系の男性と結婚させられた。統一結婚式に参加した女性はすべて尊女(そんじょ)とされる。結婚後、ソウル郊外の拠点で二週間、新婚生活(ハネムーン)を送った後、総帥が命ずる各国の拠点に入郷（入植）する予定になっている。潜入したレポーターはこの間に脱出したのである。

人間の家は中南米諸国、旧ソ連、中国東北部（旧満州）、韓国等に土地を購入して、拠点づくりをしているそうである。日本人が日本拠点に割り当てられる確率は極めて低いということである。

総帥の極めて一方的な恣意(しい)によって、見ず知らずの相手と強制的に結婚させられ、外国の辺地へ送り込まれてしまう。

信者はこれに対して反対できない。総帥の命(めい)に背くことは神意に背くことであり、信者が神意に背くことは、自分の全存在を否定することであるとおしえられている。

単に本人だけではなく、祖霊が悲しみ、子々孫々に至るまで地獄に落ちると脅かす。神の意志が人間を支配すると言いながら、信ずれば永遠の幸福を得られ、背けば地獄と、文字通り天国と地獄で信者を挟み撃ちにする。

つまり、個人の意志は神意、すなわち総帥の意志によって支配されている。人間の家は一片の人間的自由も認められない恐怖政治の世界であった。

だが、集会で洗脳され、入寮して完全にマインドコントロールされた信者たちは、すでに自分の意志を持たず、判断力を喪失している。

昨日まで見ず知らずの相手を配偶者として強制的に押しつけられ、なんの疑いもなく神子づくりに励んでいる。

稀に、教祖の催眠術から醒めた信者が脱走すれば、単なる脅しだけではなく、神衛隊と称する人間の家の憲兵が徹底的に追跡する。

朝野則子の消息は、統一結婚式以後、杳として知れない。レポーターも五百組を超える結婚式会場で、則子を見つけられなかった。彼女が結婚式に参加したのかしなかったのかも不明である。

日本人の大多数は中南米系の外国人と結婚させられて、同方面の各国人間の家拠点に入植したという噂である。

朝野善信をリーダーとした被害家族たちは、人間の家に対して肉親を返せという運動を起こした。人間の家はこれに、憲法で定められた信教と結婚の自由を振りかざして対抗した。

4

東京連隊西部地区の大師を迎えての強化集会は両国にある幹部研修寮で開かれた。大師出席のもとの強化集会は、異様な雰囲気に包まれていた。小峰中隊長から紹介された大師は、藪塚（やぶづか）という五十前後の押し出しがいい男である。

藪塚は最初から高圧的な態度で、信者たちに臨んだ。胸に神衛隊員のヘルメットに交差した剣をあしらった金バッジをつけて、音吐朗々（おんとろうろう）と訓示する姿は、すでに彼自身が総帥になったかのような威厳と自信に満ちたものであった。

「最近、マスコミ各機関において、我が教団に対する反対的なキャンペーンがしきりであるが、同士諸君は彼らにいささかたりとも惑わされたり、動揺したりするようなことがあってはならない。彼らはすべてこの世の悪の手先であり、ご神意に背く輩（やから）である。反人間（アンチ）の家キャンペーンを繰り広げているマスコミその他に対して断乎（だんこ）戦うことを誓う。この際、我が教団の同士一同の結束をさらに強め、我が教団の目指す理想社会の実現に力を尽くしたいとおもう。いまや我が教団は全同士二万を超え、全世界に教勢の及ばざるところはない。

本日、この集会に招集された同士は、同士の中でも選ばれた精鋭である。家族、係累に拘束されることなく、一身を教団に献ずることのできる誠忠の同士である。諸君はいずれも総帥の御意に適（かな）い、この集会に出席を許される栄誉を得た。この栄誉を汚すことのないよう、神意を奉戴（ほうたい）して、一日も早く、人間の家の社会を建設すべく、邁進（まいしん）、努力してもらいたい。我が教団の行く道に立ち塞がる者はすべて邪悪であり、上御一人に対し奉り、背く者である。神は総帥をこの地上のすべての人を悪から救うべく下し賜れた。諸君は、破邪顕正（はじゃけんしょう）の剣を振るいて、悪を打ち払い、総帥と我が教団のために道を開くのだ」

藪塚の演説は延々とつづいた。

だが、その要旨は、総帥が神の使いであり、彼に逆らう者はすべて悪であり、これを打ち払うことは正義であるという論旨であった。

なにやら戦時中、日本を神の国と規定し、天皇を現人神（あらひとがみ）と祭り上げて、日本を中心とする王道楽土を築こうとした論理と通底している。

総帥は神であり、そのおしえに従う限り救われる。従わざれば、本人の滅亡はもとより、祖霊、骨肉、友人、子々孫々に至るまで、地獄に落ちるであろうと、レコードの同溝回転のように繰り返す。この間に、信者は次第に催眠誘導されて、洗脳される仕組みになっている。

片倉は入信の意思表示をしたわけでもないのに、集会に三回出席しただけで、すでに信者と見なされていることに驚いた。だが、反対できるような雰囲気ではとうていない。

今夜の強化集会なるものは、どうやら三回以上、集会に出席した、独身で係累のない者だけを対象に招集しているようであった。おそらく次は総帥主宰の次期統一結婚を強制されることになるのだろう。

片倉はこの日の集会で、見合いパーティに参加していた二人の男性会員と再会した。

片倉は信者としてかなり古株のはずの高野史恵が、なぜ統一結婚しないのか不思議におもった。

この日の集会は、信者のディスカッションはほとんど行なわれず、藪塚の独演会に終始した。正義は我にあり、教団の道を阻む者は、これを討つにためらわずという攻撃的な独りよがりの論理に、信者たちは熱に浮かされたように陶酔し、異様な熱気を帯びた。

その熱気の中に身を置いていると、本当に人間の家が汚濁した世界を清める唯一の救済機関のような気がしてくる。

そのとき、参加者はすでに人間の家の集団催眠の触手に捕らえられているのである。片倉のように醒めた意識をもって観察していた者も、いつの間にか、集団興奮の渦に巻き込まれている。

集会が終わっても興奮はつづいている。興奮の持続の長い者ほど、集団催眠によるマインドコントロールが深く及んでいる。人間の家では信者を催眠から醒まさぬために寮に入れ、常時、マインドコントロールしようとしているのである。

集会後、帰宅途上の電車の中で、見合いパーティで顔を合わせたことのある元木（もとき）というメンバーと、たまたま一緒になった。

今夜は高野史恵は藪塚大師を迎えて、集会後も残っている。夜の遅い時間帯の電車は、風俗っぽい女性の姿や、サラリーマンの姿が目立つ。男にはたいていアルコールが入っている。店では酔客に侍（はべ）って愛嬌（あいきょう）を振りまいていたにちがいない女性は、素顔に戻って、孤独の殻に閉じこもっている。

夜の遅い都会の電車には、疲労とアルコールと荒（すさ）んだ倦怠（けんたい）感が澱んでいる。人生の希望や、生き甲斐などは一片も感じられない。ただ、惰性だけで生きているような無気力な倦怠感が、決して溶け合わない乗客一人一人の孤独のカプセルに閉じ込められた積み荷となって、電車の振動に身を預けている。

マインドコントロールされた信者には、孤独感はない。孤独とは、一人一人のカプセルに閉じ込められた自我である。教祖のマインドコントロールによって信者のカプセルを打ち破り、精神を教団の鋳型に流し込んで固めてしまう。

片倉は電車の中で、急速に集会の興奮から醒めた。

「高野史恵さんのような妙齢の女性が、どうして統一結婚しないんでしょうね」

片倉は不審におもっていたことを元木に問いかけた。

「片倉さん、知らなかったのですか」

元木が意外そうな顔をした。

「知らないって、なにを」

「当然知っているとおもいましたよ。彼女、お局（つぼね）だという噂です」

「お局とは？」

「本部聖女殿に囲われた聖女、つまり総帥の大奥お部屋さまの一人ですよ」

片倉は元木の古風な言葉にはっとした。

「総帥は信者の中で容姿の美しい女性を選んで、自分の専属にしているそうです。そのような女性グループを大奥のお局と呼んでいるのですよ。高野史恵は総帥が最もご寵愛（ちょうあい）されているお局の一人だともっぱらの噂です」

「総帥にはたくさんのお局がついているのですか」

「噂では、百人とも二百人とも言われています」

「そんなに大勢のお局群がいるのですか」

「総帥の目に留まり、お手がつくことを、教団は分霊と言っています」

「ぶんれい？」

「分ける霊と書きます。つまり、総帥と一体になって聖霊を分けてもらうという意味です」

「つまり、総帥が気に入った女性と手当たり次第にセックスするということなのでしょう」

「まあ、早く言えばそういうことですね。分霊によって総帥の子を産んだ局は、神女とされて、男の子ならば正師、女の子ならば大師の位を授かります」

「総帥のお局が、なぜ見合いパーティに参加していたのですか」

「もちろん信者獲得のためですよ。実は私も高野史恵から声をかけられ、集会に参加するようになりました」

「エスパウズは人間の家の関連機関のようですね」

「そうです。エスパウズの所員はみな信者です。見合いパーティの参加者からこれはと見込んだ者（メンバー）を集会に誘い、入信させ、統一結婚させるのです。しかし、いかに総帥のご聖意とはいえ、見たことも会ったこともない外国人と突然結婚しろと言われても、面食らいますよね」

　元木もマインドコントロールの効果はまだ充分ではないらしい。

「単に結婚するだけではなく、総帥の命ずる世界各地の拠点に派遣されるようですね」

「そうです。入信者は家族や親しい者、仕事、財産、それまで属していた社会のすべてと絶縁して、総帥の命ずるところに赴き、教団の敵と戦わなければならないとされています。私はまだそこまで割り切れませんね」

「集会に二、三度参加しただけで、そこまで割り切れたら、かえっておかしいですよ」

「しかし、集会に参加していると、それが少しもおかしくないように感じられてくるから不思議です。そう言えば、お局も、必ずしも信者の中から選ぶとは限らないそうですよ」

　元木は周囲の耳を憚るように、少し声を低めた。

「それはどういうことですか」

「教団とはまったく関係ない女性を拉致してくるそうです」

「それでは誘拐ではありませんか」

「まあ、そんなものです。大都会で身寄りがなく、一人で暮らしているような女性が狙い目です。この数年、若い女性が旅行先で蒸発する事件が続発しています。某国の仕業ではないかと言われていますが、どうも教団がお局候補として拉致、誘拐しているようです」

「そんなことをすれば、すぐに露見してしまうでしょう」

「マインドコントロールしてしまうのですね。総師からマインドコントロールされ、分霊された女性は、決して自分から誘拐されたとは言わないそうです。よほど総帥の分霊がよかったんでしょうね」

元木は意味ありげに笑った。

「警察は捜査しないのですか」

「噂だけで、証拠はありません。また失踪した女性が人間の家に入信しているとわかっても、本人の意志によるものであれば、信教の自由の名のもとに保障され、事件になりません。失踪ではなく、入信ということになってしまいます」

人間の家の意外な側面が見えてきた。噂の域を出ないとはいうものの、片倉も大都会の独り暮らしの女性が相次いで失踪している事件は聞いている。そのうちの何人かが人間の家で発見されたとしても、すでにマインドコントロールされていれば立件できない。

宗教の隠れ蓑のもとに婦女を誘拐し、分霊と称して己の劣情を遂げても、すべて神意の名分によって正当化されてしまう。

「無理やり拉致された女性の中には、マインドコントロールされない人もいるのではありませんか。入信も拒否し、総帥の言いなりにならない女性はどうなるんでしょうね」

片倉は問うた。

「極めて危険ですね」

元木はその先の推測を控えた。

失踪女性のうち、何人かは人間の家に入信した事実が確かめられている。だが、それ以外の消息は杳として知れないままである。人間の家では消息不明の女性については、まったく無関係と主張している。

警察としては、入信した女性から事情を聴きたいところであるが、本人が拒んでいるということで強制はできない。成人の自由意志に基づく入信とあっては、へたに介入すると信教の自由に関わってしまう。

だが、人間の家がお局の調達を一般女性の誘拐に頼っているとすれば、由々しい事態である。

元木が発言を控えた失踪女性の行方に、片倉は不吉な想像をかき立てられた。

5

棟居は集会に出席した片倉から、信者に自衛隊員の有無は確認が取れなかったという報告を受けた。

だが、藪塚大師の独演会に終始した強化集会では、人間の家に立ち塞がる者は神意に背く者として、断平戦うと強くアピールをしていたという。

「なにに対して戦うか、具体的に表明していましたか」

「特定の団体や個人名は明らかにしていませんでしたが、アンチ人間の家キャンペーンを繰り広げているマスコミその他に対して、断平戦うと言っていました」

「マスコミその他と言ったのですね」

「マスコミその他と言いました」

「戦いの方法については、具体的に言いましたか」

「それは言いません。ただ、人間の家の戦いが正義であることを何度も繰り返して主張していました」

片倉はさらに、この数年、続発している都会の独り暮らしの若い女性の蒸発について、人間の家の犯行である疑いがあると言った。

「あなたがそのように疑う根拠はなんですか」

「強化集会に参加した信者の一人が洩らしたのです。警察も捜査を進めているそうじゃないですか」

「いや、人間の家を疑っているわけではありません。失踪女性の一部が人間の家に入信している事実が判明したので、事情を聴こうとしているだけです」

「事情は聴けたのですか」

「いえ、本人が拒んでいますので」

「本人が拒んだということは確認されたのですか」

「それは確認できません。人間の家の事務局が本人の意志だと伝えてきたのです」

「それでは、果たして本人の意志かどうかわかりませんね」

「やむを得ません。彼らは信教の自由によって守られていますからね」

「失踪女性の一部が人間の家に入信していたということは、なお行方のわからない女性たちも人間の家に関わっている可能性があるのではありませんか」

「可能性としては考えられますが、失踪女性と人間の家との関わりがまったくつかめていませんので、警察としても事件として調べるわけにいかないのですよ」

片倉は、信者から聞いたと言って、人間の家の総帥が専属女性（お局）を一般の女性から調達しているらしいという驚くべき情報を伝えてきた。だが、伝聞情報であって、証拠価値は低い。

棟居は片倉の報告を受けて、近ごろとみに人間の家に対して過激になっている朝野の言動に危惧をおぼえた。

人間の家は朝野を名指しこそしていないが、教団の活動を阻む者に対して断平戦うと宣言している。朝野が統一結婚させられた信者の家族の指導者的存在になってから、強化集会がもたれた事実を見ても、人間の家が彼を強くマークしている状況がわかる。

人間の家をこれ以上刺激すると、朝野の身に危険が降りかかるのではないかと、棟居は案じた。

人間の家はいまや、全世界に二万を超える信者を擁する新興教団である。戦闘的な姿勢を明確に取りつつある教団が武装すれば、社会に対する重大な脅威となる。

すでに武装している可能性は極めて高い。この武装集団が個人を襲撃することは、いとも容易(たやす)いことであろう。

だが、人間の家は不穏な気配を示してはいるものの、具体的な実力行使に出たわけではない。一連の若い女性失踪事件も、人間の家の仕業という証拠はない。棟居の危惧だけで、人間の家に手を出すことはできない。

だが、棟居の意識の中に人間の家はしっかりと定着して、次第にその輪郭を濃くしていた。

見合いパーティの参加者はすべて消去されて、捜査はその後、停頓(ていとん)している。

深海からの便り

1

統一結婚の後、年が替わり朝野則子の消息はしばらく絶えていたが、ある朝、朝野家の郵便受けに一通の封書が投げ込まれていた。宛名(あてな)には朝野と妻の名前が記入され、差出人名は則子とだけしたためられている封書に、朝野は愕然として封を開いた。

「ご両親様、お元気ですか。私たちは結婚後、幸せに暮らしておりますので、どうぞご安心ください。いま住んでいる場所は申し上げられませんが、神のご意志によって結ばれた私たちは、新しい土地で神の家庭を築くために頑張っています。毎日、深海魚のように充実した日々を過ごしています。ご両親様もますますお健やかにお暮らしなさいますよう、お祈りしております。則子」

たったそれだけの文言に、若い男と一緒に撮影した葉書サイズの写真が一枚、同封されていた。

一緒に写っている男が統一結婚式によって結婚した夫であろう。日本人か中国人、韓国人か不明であるが、中南米諸国や東南アジア系の人間ではない。背景は荒涼たる原野のようで、遠方に雪を戴いた山の稜線がわずかに見える。

封筒には朝野家の住所も切手も、もちろん消印もなく、差出人の住所も記入されていない。だれかが直接、朝野家まで持参して、郵便受けに投げ込んだのであろう。

この手紙がいつごろ書かれたのかわからないが、ひとまず娘の無事である消息に、朝野夫婦はほっとした。配偶者も日本人である可能性がある。

だが、娘からの手紙は、朝野のアンチ人間の家運動に一層拍車をかけた。娘が無事な間に、つまり生きている間に取り戻したい。

それは肉親たちの切なる願いであった。

手紙の文言はたった百七十一字であるが、そこには則子の万感の想いが込められているようである。

教団の検閲を潜り抜けるために、最小限の、それも則子の真意とはほど遠い、粉飾した文章を書かなければならなかったのかもしれない。その手紙すら発信場所を秘匿するために、差出人の住所の記入も、消印から住所を割り出されることを警戒されてポストへの投函も許されず、教団の私設配達人によって運ばれ、朝野家のメールボックスに投げ込まれたのであろう。

「この手紙は、もしかすると則子が救いを求めてきたのではないかな」

朝野ははっとしたように言った。

「則子が救いを求めて……」

妻が不安の色を濃くして、朝野の顔を見た。

「則子の手紙の文面をよく読んでごらん。則子はご両親様とは言わない。これまでの手紙にもお父さん、お母さんと書いていた。神のご意志によって結ばれた私たちは、新しい土地で神の家庭を築くために頑張っていると書いているが、これは国安泰人の公式発言を繰り返しているだけだ。つまり、自分の意志で結婚したのではなく、神の名を騙る国安によって強制的に統一結婚させられたことを暗示しているのではないのか。

特に、毎日、深海魚のように充実した日々を過ごしていますという文言が意味深長だ。深海魚は光のない深い暗い海の底で、高い水圧に耐えて生きている。則子がいま住んでいる新しい土地での生活が、教団の厳しい監視のもとに閉じ込められた、希望のまったくない暗い日々であることを、暗に訴えているのではないだろうか。

則子は統一結婚によって結婚して初めて、教団の正体を悟ったのかもしれない」

「あなたの考えすぎではないの」

妻は不吉な想像を振り払うように言った。

「この写真を見なさい。これが楽しげな新婚夫婦の表情だとおもうかね。則子の顔はやつれていて暗い。新婚の甘さや幸せそうな雰囲気は一かけらも感じられない。よくこんな写真が教団の検閲を潜ったもんだ。もしかすると、文章が検閲を通った後に写真を同封したのかもしれない。大体、郵便局を通さずに、住所も表記せず、家族の自宅に手紙を投げ込むということ自体が異常だよ」

「あなた、どうしましょう」

不安を促された妻は、すがりつくように夫の顔を見た。

2

朝野善信はテレビに出演して、娘から来た手紙を公開した。

「郵便ポストに投函せず、差出人の住所も記さず、信者の家族の家に直接手紙を配達するということは、信者の居所を秘匿するためであり、家族との接触を恐れていると考えざるを得ない。人間の家になんらやましいところがなければ、なぜ家族と信者の接触を阻むのか。突然、家族の一員を、あるいは家族ぐるみ、社会から隔絶して、生き神と自称する教祖（カリスマ）に絶対の忠誠を誓わせ、その教祖が定めた大義を、たとえ社会の規範に反することであっても、絶対正義の基準として信者に強制し、その人間的自由のすべてを束縛することは、宗教の名を借りた邪教（カルト）の反社会的、病理的、犯罪的行動である。

　宗教は神仏に対する信仰から発した人間の営みである。宗教がそれぞれ設定した聖域に、人間の基本的人権と自由を閉じ込めることはできない」

と朝野は発言した。彼の言葉は全国に大きな反響を巻き起こした。

ほかにも朝野家と同様に、発信場所を秘匿した信者からの手紙が配達された家族がいた。彼らも朝野の発言に勇気づけられて、アンチ人間の家キャンペーンに参加して来た。

マスコミも私設配達人による差出人住所のない信者からの手紙を取り上げた。

国安泰人は激怒した。特にテレビで人間の家を邪教と断定した朝野に対して、発言の撤回を求める内容証明郵便を送ると同時に、テレビ局に、信教の自由を侵す事実無根の中傷を広く報道したとして、謝罪と、人間の家幹部の出演を求めた。

「差出人の住所を記入しなかったのは、あくまでも信者の自由意志によるものであり、これを明らかにして、信者を私物視する家族によって信仰活動を妨げられることを嫌ったからである。自分の居所を明らかにするもしないも、本人の自由であり、通信の自由である。これをもって基本的人権の侵害、人間的自由の束縛と称するか。

ましてや、信者の自由を最大限に認めている我が教団を邪教呼ばわりしたことは、我が教団の名誉を著しく傷つけ、絶対に許容できない」

と国安は強硬に抗議した。

だが、朝野やその他の家族が要求したにもかかわらず手紙の差出人である信者たちの居所は、依然として明らかにしない。テレビ局は人間の家の要求を拒絶した。

人間の家は名誉毀損で訴えると息巻いたが、オールマスコミを敵にまわす愚を悟ったらしく、告訴は取り止めた。

だが、朝野との会談を求めてきた。人間の家は当初、那須にある教団の本拠へ出頭を求めてきたが、朝野は一言のもとに断った。

「私の方から会談を求めたわけではない。教団が会談したいと申し出てきたのに、なぜ私が那須まで赴かなければならないのか。教団側が私の指定する場所へ足を運ぶのが筋というものではないか」

と朝野に反駁されて、教団側は人間の家被害者対策弁護団の弁護士渡辺晴巳の法律事務所で会談することに応じた。

入信者の家族側の出席者は、朝野善信の他に家族が教団の信者となっている者二名、および弁護団の渡辺弁護士。教団側が大中事務局長、江上生活部長、武川運営委員長、および教団の顧問弁護士若尾の四名である。

会談は最初から緊迫していた。教団側四名のうち、大中と江上はすでに朝野と面識がある。まず弁護士同士が名刺を交換し、新顔同士が初対面の挨拶を交わして、会談が始まった。

「この度の朝野さんのテレビでの発言は、誤解に基づくものであって、我が教団にとってまことに遺憾の極みでございます。本日は教団の名誉を著しく傷つけた発言の撤回を求めるためにまいりました。教団としては潔く撤回していただければ、和解に応ずる用意があります」

若尾弁護士は最初から高圧的に話し始めた。

「お言葉ですが、私をはじめ、入信者の家族は教団を誤解しているとはおもっていません。ある日突然、教団への入信を表明し、どこのだれともわからぬ人間と強制的に統一結婚させられ、どこにいるかもわからぬ家族を取り戻したいだけです。上御一人と教団内で呼ばれるただ一人の人間の意志によって、家族を奪われた者の共通の願いです。

宗教とは人を不幸にすることを目的にしているのではないでしょう。人間の家は明らかに入信者の家族を不幸に陥れています。教団に速やかに我々から奪った入信者の所在を明らかにし、家族の許へ返すことを求めます。社会には多数の宗教法人がありますが、一家を引き裂き、信者を隔離し、家族との接触を一切遮断する教団はカルトと呼ばれてもやむを得ないとおもいます」

朝野は言った。

「我が教団はご家族を強制的に隔離していません。あくまでも信教の自由に基づき、本人の意志を尊重して、教団で共同の信仰生活を送ってもらっています。信者本人が居所を明らかにしないのも、さまざまな悪に汚染された社会との関わりを断つためです。信者のご家族といえども、社会悪の汚染から免れません。純粋な信仰環境における自己救済の修行のために、諸悪に満ちた俗世界との接触を断っているのです」

「それは教団の独りよがりであり、我々はこの社会に生活する限り、社会の成員としてその規範に従わなければなりません。たしかに社会は諸悪に満ちていますが、教団が上御一人と称する指導者が定めた教義を正義の基準として、一般社会の人間を不幸にする権利はないとおもいます。一般社会が諸悪に汚染されているとするなら、どうして人間の家のみが汚染されていないと断言できるのですか」

「そこにあなた方の誤解があります。上御一人は人間ではありません。現人神なのです。現人神と人間を同一基準に置いて価値判断するところに誤解が生ずるのです。上御一人は悪に染まった社会からの人間の完全な救済のために、神がおつかわしになったのです。あなた方は家族を自分のもののように錯覚していらっしゃいますが、それぞれが信教の自由を持った神の子なのです。

　朝野さんは不幸と何度もおっしゃいましたが、それは不幸ではなく、娘さんを親のものと考えているエゴにすぎないのです。もし親として本当の愛があるなら、娘さんの完全な自己の改革と救済を求める信仰を認めてあげるべきです。朝野さん、あなたこそ、娘さんを不幸にしているのですよ。親として本当に娘さんを愛しているのであれば、信教の自由を否定するような暴言をテレビで吐けないはずです」

「私一人ではなく、入信者を人間の家に隔離されて、不幸に陥った家族が全国に大勢おります。このような大勢の家族を不幸に陥れても、人間の家はそれを親や肉親のエゴだと言い張るのですか」

「そうです。それだけ社会が悪に汚染されている証拠です。人間の家だけが、この悪に染まった社会から人間を救済できるただ一つの宗教です。これを邪教と断定した暴言を、ぜひ撤回していただきたい」

「肉親を、家族の許に返して、邪教でないことを自ら証明すべきではありませんか。一体、なんの根拠があって、数ある宗教の中で人間の家のみが正しいと言えるのですか」

「上(かみ)は御一人です。信仰は御一人を信ずるところから始まります」

会談は平行線をたどった。

しょせん、どんなに話し合ったところで、合意点を見いだせるはずのない会談である。両者とも時間の無駄であることに気づいた。時間を無駄にするであろうことは初めからわかっていた。

「これ以上、話し合っても無駄なようですね」

結論となった朝野の言葉だけに、両者が同意した。

「我が教団二万人には、憲法で保障された信教の自由があります」

「その憲法は一般社会の規範ではありませんか」

捨て台詞を応酬して、会談は決裂した。

だが、教団を代表して、若尾が最後に残した我が教団二万人という台詞には不気味な恫喝(どうかつ)

が込められていた。

（下巻に続く）

〈著者紹介〉
森村誠一　1933年埼玉県生まれ。青山学院大学卒業後、10年間のホテルマン生活を経て作家活動に入る。「高層の死角」（第15回江戸川乱歩賞受賞）「腐蝕の構造」（第26回日本推理作家協会賞受賞）「人間の証明」（第3回角川小説賞受賞）『悪魔の飽食』など数多くのベストセラー作品を著し、社会派推理小説の世界で不動の地位を築く。公式HPアドレスは、
http://www.morimuraseiichi.com/

GENTOSHA

人間の条件(上)
2003年3月5日　第1刷発行
2003年3月20日　第3刷発行

著　者　森村誠一
発行者　見城 徹

発行所　株式会社 幻冬舎
〒151-0051 東京都渋谷区千駄ヶ谷4-9-7

電話:03(5411)6211(編集)
03(5411)6222(営業)
振替:00120-8-767643
印刷・製本所:図書印刷株式会社

検印廃止

ISBN 4-344-00307-1 C0093
幻冬舎ホームページアドレス　http://www.gentosha.co.jp/

この本に関するご意見・ご感想をメールでお寄せいただく場合は、
comment@gentosha.co.jp まで。